음악의 신

음악의 신 12

이창연 장편소설

초판 1쇄 찍은 날 | 2017년 12월 19일
초판 1쇄 펴낸 날 | 2017년 12월 27일

지은이 | 이창연
펴낸이 | 예경원

기획 | 위시북스
편집책임 | 이규재
편집 | 이즈플러스

펴낸곳 | 예원북스
등록번호 | 제396-2012-000132호
등록일자 | 2012. 7. 25
KFN | 제1-168호

주소 | 경기도 고양시 일산동구 호수로 646-24 위너스21 II 빌딩 206A호 (우)10401
전화 | 031-819-9431 팩스 | 031-817-9432
E-mail | yewonbooks@naver.com

ⓒ이창연, 2016

ISBN 979-11-6098-586-3 04810
      979-11-5845-408-1 (set)

음악의 신

이창연 장편소설

WISHBOOKS MODERN FANTASY STORY

12

CONTENTS

음악의 신

1화
유리짱

'아카바시 씨가 왜 그렇게 칭찬을 아끼지 않은 걸까?'

A-Trust의 대표 코지마는 커피를 마시며 강윤을 힐끔힐끔 쳐다보았다.

확실히 큰 키에 넓은 어깨는 인상적이었다. 하지만 편안한 인상에 옷 입는 스타일 등 특별히 두드러지는 부분은 없었다.

그런데 왜 아카바시 타오는 강윤에 대해 입이 마르고 닳도록 칭찬을 한 걸까? 단순히 주아와 함께 일했던 인연 때문일까?

오히려 눈에 들어오는 사람은 그의 옆에 있던 이현지였다.

'혹시 여자가 대표 아냐?'

작지만 다부지게 빛나는 눈빛, 뭔가를 압도하는 분위기까지. 그는 자신만의 느낌이 아닌지 옆에 앉은 여인, 츠카사 프로듀서의 귓가에 입을 가져 갔다.

"여자 쪽이 더 실세로 보이지 않아?"

"저도 그렇게 보이긴 하는데, 잘 모르겠어요."

"알았어. 일단 어떤 사람인지 파악하는 것이 문제겠군."

소곤거림을 멈춘 코지마 대표는 부드럽게 미소를 지었다.

"하하하. 보내주신 영상은 잘 봤습니다. 설마 '오사카에서'를 부른 영상을 보내주실 줄은 몰랐습니다. 애끓는 목소리가 아직도 기억에 선명합니다. 대단한 가수를 보게 되어 기뻤습니다."

'오사카에서'는 무려 70년대에 나온 일본의 국민가요였다.

하지만 아직 서른도 넘지 않아 보이는 가수가 애끓는 목소리를 들려주다니.

덕분에 대표의 몸으로 한국에 직접 올 결심을 하게 되었다.

큰 칭찬을 들었지만, 강윤은 엷게 미소를 지으며 손을 저었다. 그는 유창한 일본어로 코지마 대표에게 말했다.

"아닙니다. 아직 부족한 것이 많습니다. 엔카 특유의 정서나 다른 문화에서 오는 특징…… 제대로 된 엔카를 소화하기에는 아직 한참이나 모자라지요."

"하지만 목소리 하나만으로도 충분히 데뷔할 만한 재목이라 봅니다. 오는 내내 마음이 설□습니다."

칭찬이 이어졌지만 강윤은 경솔하게 말을 앞세우지 않았다.

분위기는 화기애애했다.

한편, 이현지는 세 사람의 대화에 간간히 끼며 분위기를 살폈다.

'간을 보는 건가?'

모두가 웃고 있었지만, '해보자'는 말은 쉽게 나오지 않았다. 사실, 이곳에 왔다는 건 계약을 하겠다는 의사가 있다는 것이지만 상대는 일본인. 신중하기로 소문난 사람들이었다.

즐거운 대화를 이어가다 강윤이 뭔가 떠올랐는지 손뼉을 쳤다.

"지금쯤이면…… 피부 관리가 끝나고 올 시간이 됐네요. 한번 만나보시겠습니까?"

강윤의 제안에 츠카사 프로듀서가 바로 답했다.

"네. 어떤 가수인지 빨리 보고 싶네요."

"잠시만 기다려 주시겠습니까?"

강윤은 인문희를 수행하는 김지현 매니저에게 전화를 걸었다.

그녀는 가는 중이라며 20분 뒤에는 도착할 것이라고 보고했다.

"조심해서 오세요."

통화를 마치고, 강윤은 다시 눈을 A-Trust 사람들에게로 돌렸다.

"20분 뒤에 온다는군요. 조금만 계시다가 내려가시면 될 것 같습니다."

커피를 비우고, 네 사람은 스튜디오로 내려갔다.

먼지 하나 없는 스튜디오의 내부를 보며 츠카사 프로듀서는 큰 관심을 보였다.

"시설들이 깔끔하네요. 어라? OSM-137? 이거 요새 구하기 힘든데……."

믹서를 비롯한 스피커, 설치된 악기들을 둘러보며 츠카사 프로듀서는 눈을 반짝였다.

단순히 장비들이 비싸서가 아니라 명품이라 불리는 장비들이 한가득이었기에 프로듀서로서 당연히 호기심이 일었다.

"밸품을 많이 팔았습니다. 해외 사이트에서 어렵게 구했습니다."

"그래요? 아, 대단하세요. 한번 켜 봐도…… 될까요?"

혹시라도 무례한 요구일까 싶어, 츠카사 프로듀서는 조심스럽게 요청했지만 강윤은 선선히 고개를 끄덕였다.

그녀는 믹서와 컴퓨터 등 여러 가지 장비들을 조작하면서 어린아이 같은 얼굴이 되어버렸다.

"하여간, 저 오타쿠 진짜."

코지마 대표가 혀를 찼지만, 음향장비에 빠져 버린 그녀를 막을 순 없었다. 특히 그녀의 눈에 다른 스튜디오보다 유독 많은 숫자의 스피커가 인상적으로 다가왔다.

"스피커가 무척 많네요. 사운드에 무척 신경 쓰시나 보네요."

음표를 디테일하게 보기 위한 스피커들이었지만, 서라운드 효과도 기대할 수 있었다.

강윤은 웃으며 고개를 끄덕였다.

"스튜디오다 보니 소리에 조금 투자를 했습니다."

"이 정도면 조금이 아닌데…… 흐음."

츠카사 프로듀서는 기계를 조작해 소리들을 재생해보며 음악을 감상했다. 사방에서 들려오는 고음과 저음의 조화는 스튜디오에 대한 좋은 인상을 남겼다.

그렇게 시간을 잠시 보내니 곧 문이 열리며 인문희가 들어섰다. 그녀는 낯선 이들의 방문에 잠시 멈칫하다가 곧 예의를 갖추고 고개를 숙였다.

"안녕하십니까. 인문희라고 합니다."

그녀의 일본어는 약간은 어눌했지만, 누구와도 소통할만한 솜씨였다.

코지마 대표는 눈웃음을 지으며 그녀의 손을 잡았다.

"반가워요. 코지마 마코토입니다."

기계에 빠져 있던 츠카사 프로듀서와도 인사를 마치고, 강윤은 인문희에게 말했다.

"목 풀고 준비해 줘."

"네."

인문희는 외투를 벗고는 목을 풀기 시작했다.

목을 푼 그녀가 자연스럽게 부스 안으로 들어가려하자, 코지마 대표가 의아한 얼굴로 물었다.

"여긴 부스 안에서 연습을 합니까?"

그 물음에 이현지가 답했다.

"매일은 아니고, 필요에 따라서는 그렇게 하고 있습니다. 일단 반주를 탄 목소리부터 들어보시고, 본연의 목소리를 들어보세요."

"순서가 바뀐 게 재미있네요. 알겠습니다."

조금 특이하다는 생각을 하며 코지마는 부스 앞에 자리를 잡았다.

"시작할게."

인문희도 괜찮다는 사인을 보내니 강윤은 미리 준비해 둔 MR을 재생했다. 곧 어쿠스틱 기타를 튕기는 소리와 오카리나 소리가 구수하게 들려오며 인트로를 장식했다.

A-Trust 관계자들에게 영상으로 보여주었던 '오사카에서'였다.

영상으로 접했던 노래를 접하며, 코지마 대표와 츠카사 프로듀서는 작은 목소리로 얘기를 나누며 고민에 빠졌다.

"실력은 확실히 있어."

"그러네요. 엔카의 애상적 멜로디와 목소리도 잘 맞는 듯하고…… 마이크를 많이 탄 것 같지도 않아요. 기계음도 거의 없어요. 맑아요."

인문희는 일본의 국민가요라고 일컬어지는 엔카의 정서를 제대로 소화하고 있었다.

1절을 끝내고 강윤이 노래를 멈추려고 하자, 츠카사 프로듀서는 강윤을 제지했다.

"끝까지 들어보고 싶네요."

강윤은 고개를 끄덕이며 인문희에게 노래를 이어가게 했다.

인문희는 눈을 감으며 노래를 이어갔다

츠카사 프로듀서는 천장에 달려 있는 스피커들과 인문희를 번갈아보며 고개를 갸웃했다. 그 모습을 보고 이현지는 믹서 앞에서 머뭇대는 그녀에게 조용히 속삭였다.

"한번 만져보겠어요?"

"그래도 될까요?"

이현지가 강윤에게 요청하니 그는 곧 자리를 내주었다.

츠카사 프로듀서는 신이 나서 바로 믹서를 만지기 시작했다. 그러자 인문희의 목소리에 여러 가지 효과들이 더해지며 한층 다듬어지기 시작했다.

─あなたが他の子と 話をしてるだけで

(당신이 타인과 이야기할 때도~)

잘 들리지 않던 호흡소리가 섞여 나오며, 애끓는 목소리에
힘을 더했다. 그리고 그녀의 목소리에서 나오던 옅은 분홍빛
을 띠던 음표가 점점 진해지더니, 하얀빛이 한층 밝아졌다.

'A-Trust에서도 준비를 해온 듯하군. 단번에 소리를 맞추
는 게 쉽지는 않을 텐데. 츠카사라는 프로듀서도 실력이 있
는 사람인 것 같고.'

뒤로 물러난 강윤은 인문희와 츠카사 프로듀서를 번갈아
보며 만족했는지 고개를 끄덕였다.

그렇게 인문희의 노래가 끝났다.

그녀가 부스에서 나오자 코지마 대표가 그윽한 미소로 그
녀를 맞아주었다.

"고새…… 하셔스므니다."

"감사합니다. 한국말 하실 줄 아세요?"

느닷없는 한국어에 인문희가 눈을 동그랗게 뜨고 물었지
만 코지마 대표는 무슨 말인지 모르겠다는 듯, 미소만 지을
뿐이었다.

눈치를 챈 강윤이 대신 말했다.

"아쉽게도 그건 아닌 것 같아. 고생했어."

"아, 네."

인문희는 긴장한 표정으로 모두 앞에 섰다.

오늘을 위해 긴 시간 동안 준비를 했다고 해도 과언이 아니었다. 그녀는 무반주로 노래를 하기 위해 준비를 하려는데, 코지마 대표가 손을 들어 그녀를 막아섰다.

"잠깐만요. 시간을 조금 주시겠습니까?"

강윤이 알겠다고 답하자, 두 사람은 잠시 스튜디오를 나섰다.

노래를 들어야 할 사람들이 나가 버리니 인문희는 순간 멍해져 버렸다.

"사장님. 저…… 괜찮은 걸까요?

인문희는 불안했는지 모은 두 손을 가볍게 떨었다.

그러자 이현지가 그녀의 손을 잡아주었고, 강윤은 그녀의 등을 다독여주었다.

"물론이죠, 문희 씨. 정말 잘했어요."

"……이사 언니."

"잘했어. 잘될 테니까 걱정 마."

"……."

그들이 안심을 시켜주었지만, 인문희의 떨림은 쉽게 가시지 않았다.

20분 정도가 지났을까.

A-Trust 사람들이 다시 스튜디오로 돌아왔다. 큰 결심을 했는지 그들의 얼굴은 전에 없이 진지했다.

코지마 대표는 강윤을 바라보며 운을 뗐다.

"강윤 프로듀서님."

"네, 말씀하십시오."

그는 잠시 숨을 고르고는 활짝 웃어 보였다.

"문희 씨는 최고의 재목입니다. 이번에 잘해봅시다."

강윤도 손을 내밀며 화답했다.

"그 믿음에 실망시키지 않겠습니다."

두 사람이 맞잡은 손 위로, 모두에게서 웃음꽃이 피었다.

음악작업실.

서한유가 믹서와 각종 장비들을 놓은 방문에는 목적을 알리는 문패가 붙었다.

아이스크림을 먹으며 문 앞을 지나던 에일리 정은 이해가 가질 않는지 연신 고개를 갸웃댔다.

"……비싼 취미야."

그러거나 말거나, 음악작업실 안은 분주했다.

야심차게 작곡에 나선 김지민과 그녀의 곡을 편곡해보겠

다며 뜻을 합친 박소영에, 마스터링과 마무리는 내가 하겠다는 서한유까지.

복숭아나무만 있다면 결의라도 했을 만큼, 뜨거운 열정이 느껴졌다.

"소영 언니. 인트로 이쪽에 그루브를 살려보는 게 어때요?"

김지민이 모니터에 나오는 악보를 가리키며 의견을 말했다.

박소영은 컴퓨터를 조작해 이리저리 소리들을 조합하자 어쿠스틱 기타 소리와 오카리나 소리가 리드미컬하게 조합되어 어깨를 들썩이게 만들었다.

그러나 그 소리에 고개를 갸웃한 이가 있었다.

"소영 언니. 오카리나 소리가 조금 걸려요. 1번 말고 다른 건 어떨까요?"

"2번으로 해볼게."

그러나 문제는 지금부터였다. 2번과 3번 소리들을 계속 넣어봤지만 3명을 모두 만족시키는 소리를 찾는 건 쉽지 않았다.

"오카리나는 아닌가? 우쿨렐레 어때요?"

"지민아. 그건 기타하고 같은 계열이잖아."

"일단 들어보고 결정하는 게……."

"신중하게 생각해보고 결정해도 괜찮아."

"언니. 소리는 일단 들어보는 게 좋아요."

"Hz로 나오잖아. 시간이 드는 것도 생각해야지."

김지민과 서한유, 두 사람의 의견은 쉽사리 좁혀지지 않았다. 언니였지만 박소영은 이 기 센 동생들 사이에서 갈팡질팡했다.

'오빠는 이런 가수들을 어떻게 다루는 거야.'

모든 가수들의 말을 듣고, 최고의 결과를 내는 강윤이 더욱 존경스러워지는 순간이었다.

♪♩♪♩♪♫♫♩♪

월드엔터테인먼트와 A-Trust는 인문희의 일본 데뷔를 위한 계약을 체결했다. 이후 일본 진출에 관한 일들은 급물살을 탔다.

A-Trust는 일본에서 인문희를 어떻게 홍보할 것인가에 대한 전략 수립에, 강윤은 한국에서 인문희를 데뷔시키기 위한 전략을 강구하며 고심했다.

희윤은 미니앨범에 들어갈 곡을 마무리하느라 눈코 뜰 새 없이 바쁜 시간을 보냈다. 그리고 인문희는 노래연습이 아닌 다른 걸로 고민을 하고 있었다.

"……유리요?"

이현지에게서 일본에서 활동할 예명을 듣고, 인문희는 고개를 갸웃했다.

"일본에서도 많이 쓰이는 이름이기도 하고, 나중에 한국에서도 활동할 때도 기억하기 쉽도록 지었어요."

"유리라는 이름을 쓰는 유명한 가수들 여럿 있잖아요. 검색하면 묻힐 것 같은데…… 트렌드하고도 안 맞는 것 같고요."

영어로 멋들어진 이름을 상상했던 인문희는 아쉬운 기색을 드러냈다.

그러나 이현지는 다른 생각을 이야기했다.

"처음이야 그렇지만, 1년만 있으면 달라질 거예요."

"……네."

인문희는 아쉬워했지만, 이름으로 더 뭐라고 하지는 않았다.

얼마 지나지 않아 강윤이 스튜디오에 들어섰다.

"문희야. 준비 다 됐어?"

"네? 아, 네."

인문희는 스튜디오 한쪽에 있던 캐리어를 가리켰다.

오늘 그녀와 강윤은 일본의 A-Trust 소속사로 간다.

"조금 이른 것 같지만, 출발할까?"

"네."

강윤과 인문희는 이현지가 운전하는 차를 타고 인천공항

으로 향했다.

설렘을 안고 일본 나리타공항에 도착한 강윤과 인문희는 직접 마중 나온 츠카사 프로듀서와 함께 A-Trust의 사무실로 향했다.

"직접 마중을 나오실 줄은 몰랐습니다."

앞자리에 앉은 강윤은 운전대를 잡은 츠카사 프로듀서에게 미안함을 표했다.

그러자 츠카사 프로듀서는 괜찮다며 입가에 호선을 그렸다.

"앞으로 계속 호흡을 맞춰야 할 사이잖아요. 이 정도는 당연한 것이니 신경 쓰지 않아도 괜찮습니다."

도쿄 시내로 들어서며 츠카사 프로듀서는 인문희에게 여러 가지를 물었다.

"초등학교 선생님이었다고 들었어요."

"네. 그렇습니다."

인문희는 기합이 바짝 들어 허리를 꼿꼿이 세웠다.

"일본도 그렇지만, 한국에서 교사는 꽤 안정된 직업이라고 들었어요. 그런데 그런 직업을 포기하고 가수가 될 생각을 하다니…… 우린 그런 용기를 높이 샀어요."

"아닙니다. 과찬이세요."

비행기를 태우는 이유가 뭘까? 분명 이유가 있을 터였다.

인문희는 긴장하며 그녀의 다음 말을 기다렸다.

"이런 부분들을 홍보에 사용해도 될까요?"

노래를 하고 싶은 열정, 도전 정신 등 여러 가지 미사여구를 붙이면 홍보효과는 분명히 있을 터였다.

하지만 말에 옆 좌석에서 조용히 듣고 있던 강윤은 반론을 냈다.

"좋은 생각입니다만, 그 안건은 조금만 뒤로 물리는 것이 어떻습니까?"

"이유를 물어도 될까요?"

인구 1억이라는 거대한 시장에 맞게 하루에도 많은 가수들이 대중의 눈에 띄기 위해 분투를 아끼지 않는다. 그런 상황에서 이런 좋은 면을 부각시키지 말자니.

조용한 의문이었지만, 그녀의 표정에는 설명을 해달라는 뜻이 분명했다.

강윤은 고개를 돌려 그녀의 눈을 바라보았다.

"이 넓은 시장에 문희 같은 사연 하나 없는 가수가 어디 있겠습니까. 다른 가수들도 작은 사연, 인맥 등 여러 가지를 들고 어떻게든 사람들을 자극하려 합니다. 그들과 굳이 똑같이 가야 할 이유는 없다고 생각합니다."

츠카사 프로듀서의 눈이 가늘어졌다. 그녀는 강윤이 무슨 말을 하는지 이해할 수가 없었다. 지금같이 많은 연예인들이 난립하는 시대에서 신인은 수단과 방법을 가리지 않고 대중에게 이름을 알려야 한다.

"똑같이 간다. 맞는 말이죠. 하지만 냉정하게 문희 씨를 이야기해 보면 일본에 음반을 팔기 위해 온 외국인에 지나지 않아요. 우린 어떻게든 그녀를 포장해야 합니다."

"개인의 과거사로만 포장하라는 법은 없지 않습니까."

"강윤 씨는 다른 방법을 생각해두고 있으신지요?"

츠카사 프로듀서가 운전하는 차의 속도가 천천히 느려지며 도심으로 진입했다. 신호등 앞에서 차가 멈추자, 그녀의 날선 눈이 강윤에게 집중되었다.

"가수는 노래를 중심으로 홍보를 해야 한다고 생각합니다."

"노래를 중심으로? 무슨 말인가요?"

"가수는 노래를 하는 사람입니다. 그렇다면 그 가수의 노래, 실력을 알릴 수 있는 홍보를 해야 하지 않겠습니까."

강윤의 말을 들은 츠카사 프로듀서의 표정이 멍해져 버렸다.

"서, 설마…… 한국의 마케팅은 그런 방식인가요?"

"네. 저는 이 방식을 고수했습니다."

그녀는 고개를 갸웃했다.

가수 마케팅은 결국 대중에게 어떻게든 이름을 알리는 것이 우선이다. 튀는 무언가가 있어야 대중에게 어필할 수 있다.

그런데 노래만으로? 지금 같은 자극적인 시대에?

"저, 월드 사장님? 그, 그게 거, 검증된 바, 방식인가요?"

츠카사 프로듀서의 당황하는 어조에 강윤은 확신 어린 눈으로 고개를 끄덕였다.

"주아도 결국은 실력을 펼칠 무대를 깔아주어서 성공했습니다. 그렇게 하기까지의 과정이 험난하긴 했지만요."

강윤이 지휘한 '주아의 일본 진출 프로젝트'.

단 한 번도 외국인이 출연하지 않았던 최고의 음악 프로그램에 한국인이 출연했고, 사람들의 시선이 집중되었다. 그런데 무대와 실력이 지금까지 보던 여자 가수에게선 볼 수 없던 무언가가 있었다.

신호가 바뀌었다.

그녀는 액셀러레이터를 밟으며 생각했다.

'……노래, 노래를 중심으로 한 홍보라.'

이번 협력사의 스타일을 명확히 알 수 있었다.

사전에 데뷔할 가수가 이런 사람이라는 걸 알리는 대형 소속사의 마케팅과는 완전히 동떨어진, 어찌 보면 옛날방식.

하지만 그녀는 알 수 있었다.

'저 가수에, 저 사람이라면…….'

츠카사 프로듀서는 사전에 인문희의 개인사에 대해 알리

는 홍보 방식을 깨끗이 지웠다. 그러고는 자연스럽게 화제를 전환했다.

"문희 씨. 엔카 중 가장 좋아하는 노래가 무엇인가요?"

"해변의 노래. 느릿한 기타 음이 마음을 사로잡더군요."

"어? 나랑 같네? 지노 씨의 노래는 사람을 편안하게 해주죠."

날선 차 안의 분위기는 다시 따뜻해졌다.

1시간 가까이 달린 차는 A-trust 사무실에 도착했다.

건물 앞에서 강윤은 7층 규모의 세련된 빌딩에 놀라움을 표했다.

"멋진 건물이군요. 예술적이에요."

"감사합니다. 사장님 취향이에요."

비서의 안내를 받아 안으로 들어가니 코지마 대표가 그들을 맞아주었다.

인사를 나눈 후, 인문희는 츠카사 프로듀서와 함께 회사 구경을 위해 밖으로 나갔고 강윤은 코지마 대표와 앞으로의 일정에 대해 논의했다.

"7월 말이면 휴가에 돌입할 시기군요."

강윤의 말에 코지마 대표는 고개를 끄덕였다.

"맞습니다. 8월이 승부수지요. 그리고 유리라는 예명은 찬성입니다. 친근감 있고 좋네요. 다만 흔한 느낌이 든다는 것이 단점이긴 합니다만……."

"한국과 일본, 두 나라를 모두 생각하면 이 예명이 좋을 것 같았습니다."

"알겠습니다. 그럼, 우리 가수 유리를 어떻게 포장할지 이야기해 보죠."

코지마 대표는 강윤에게 여러 가지 안을 제시했다.

OLS 방송에서 밤 11시에 하는 엔카 전문 방송 '오늘의 엔카'에 출연하는 것부터 쇼케이스, 드라마 OST까지.

사전에 츠카사 프로듀서에게 연락을 받았기에 그도 인문희의 개인사에 대해 알린다는 등의 안은 말하지 않았다.

강윤은 여러 가지 안건들을 신중히 살피다 한 프로그램을 가리켰다.

"'오늘의 엔카'는 시청률이 어떻습니까?"

"최근 7% 정도에 머물고 있습니다. 높지도, 낮지도 않은 시청률입니다만, 30대나 40대에게선 꾸준한 인기를 얻고 있지요."

"꾸준하다라……."

"오히려 아이돌 가수들이 나가는 'Love Singers'보다 시청률이 높습니다."

첫 데뷔 이후에 가장 중요한 것은 인지도였다. 꾸준히 얼굴을 내밀 수만 있다면 이만한 매력도 없으리라.

"시청률이 높다니, 매력적이군요. '오늘의 엔카'는 어떤 방식으로 진행되나요?"

"방식이라면 무엇을 말씀하시는지요?"

"섭외라든가, 순위 선정 등을 말합니다."

요지를 이해한 코지마 대표는 곧 강윤의 궁금증을 풀어주었다.

"승부나 순위 선정은 없습니다. 그러나 중간에 인터뷰가 있어요. 신인에게는 조금 더 많은 시간이 주어집니다. 어제 뭐했냐 등의 간단한 질문부터 오늘 얼굴이 부어 보인다 등의 짓궂은 질문도 합니다. 신인에겐 조금 과하기도 합니다."

"한국 신인에겐 어떻습니까?"

"이 업계는 보수적이니 좀 더 까칠할 겁니다. 신인을 그리 환영하는 분위기가 아니라서요."

"그건 감당해야 할 부분이겠군요. 알겠습니다. 노래와 문답. 두 가지 모두 잘 준비해야 이름을 알릴 수 있겠군요."

"맞습니다. 결국 노래와 센스. 이게 중요합니다."

이후 강윤은 다른 안건들도 검토했지만 '오늘의 엔카'만큼 괜찮은 무대는 나오지 않았다.

강윤은 더 끌지 않고 자신의 의견을 얘기했다.

"'오늘의 엔카'로 정하는 게 어떻습니까?"

"그래도 데뷔무대인데…… 결정이 빠르시군요."

코지마 대표가 놀란 눈빛을 보내자, 강윤은 멋쩍게 웃었다.

"질질 끌어봐야 변하는 건 없습니다. 문희에겐 최적의 무대라 여겨집니다. 단점이 있다면 감수해야죠."

"그렇군요. 사장님은 화통해서 좋습니다. 그렇다면 저희가 그쪽 PD와 컨택을 해보겠습니다."

"더 필요한 것이 있다면 말씀해 주십시오."

"그때 말씀드렸던……."

"아, 작업실 말인가요? 준비되어 있습니다. 짐 풀고 오시면 안내해 드리겠습니다."

강윤은 이후 인문희와 함께 회사 안내를 받아 숙소로 가서 짐을 풀었다.

그들의 일본 일정은 그렇게 시작되었다.

"현희 씨. 이거 이사회의실에 가져다 줘."

정범호 과장은 차현희 대리에게 서류를 맡겼다. 평소에 순하기로 소문난 차현희 대리의 표정이 이사회의실이라는 말을 듣고는 안색이 파랗게 변해 갔다.

"과, 과장님. 지금 회의 중…… 아닌가요?"

"맞아."

"……과장님. 이거 사옥 건축 관련 자료 맞죠?"

차현희 대리에게선 이사회의실에 가기 싫은 기색이 역력했다.

하지만 과장의 말을 안들을 수도 없었다. 그녀는 미안해하는 과장을 뒤로하고 이사회의실로 향했다.

그녀가 조용히 문을 열고 이사회의실 안에 들어가니 묵직한 분위기가 감돌고 있었다.

"사옥 공사를 미루겠다니요? 규모를 늘려 11월로 완공 시기를 늦추겠다니요."

이한서 이사의 입에선 날선 말이 터져 나오고 있었다.

하지만 항상 그렇듯 그의 편은 거의 없었다. 정현태 이사는 차가운 표정으로 입꼬리를 들어올렸다.

"다 필요해서 하는 사업입니다. 저희와 통로를 잇기로 한 유로스 쇼핑몰도 확장공사에 들어갔습니다. 그에 맞춰 규모를 갖춰 놔야 할 필요가 생긴 거지요."

다른 이사들도 정현태 이사의 의견에 동의했는지 고개를 끄덕였다.

하지만 이한서 이사는 외로운 싸움을 계속해나갔다.

"지금의 스타타워 프로젝트로 빠져나가는 예산도 감당하기 힘듭니다. 그런데 공사 규모를 확장한다? 결국 빚을 더 지겠다는 이야기인데, 그 리스크를 누가 다 감당합니까?"

"그건 걱정하지 마십시오. 에릭튼 캐피탈에서 투자를 약속했으니까요."

에릭튼 캐피탈이라는 말이 나오자 모두가 정현태 이사 옆에 앉아 있던 백인, 리처드에게로 시선을 모았다. 리처드는 부드러운 미소를 보이며 정현태 이사의 말을 이어갔다.

"저흰 스타타워 프로젝트가 가능성이 크다고 믿습니다. 유로스 쇼핑몰과의 연계, 한류 스타를 상품으로 내세우는 것까지. 비록 초기 자금의 압박에 부담은 크지만 그 부담이 오래지 않아 큰 이익으로 돌아올 것이라 생각합니다."

이미 이사들은 더 생각할 것도 없다는 듯, 리처드의 말에 만세를 부르고 있었다. 아무 말도 하지 않는 원진표 사장과 이한서 이사를 제외하면 모두가 증액을 찬성하는 방향으로 흘러갔다.

"……하아."

결국 그날의 이사회의는 표결로 들어갔고, 정현태 이사의 안건이 통과되었다.

"……다들 제정신이 아니야."

이한서 이사는 모두에게 들리도록 한마디를 던지고는 가장 먼저 이사회의실을 나섰다. 원진문 사장마저 어깨를 늘어뜨리며 사장실로 돌아가자 이사들도 하나둘씩 자리를 비웠다.

이사회의실에는 리처드와 정현태 이사, 두 사람만이 남았다.

"수고했습니다."

리처드는 그윽한 미소를 보이며 정현태 이사의 손을 잡았다.

"해야 할 일이었을 뿐입니다. 이제는 회사에서 우리의 의견을 더 강하게 주장할 수 있을 겁니다."

"하하하하."

리처드는 크게 웃으며 그의 어깨를 두드렸다.

'쓸모는 있어.'

지난번, 파티에서 크게 실수를 했지만 그래도 이런 면에선 머리가 잘 돌아간다는 것을 느꼈다. 두 사람은 기분 좋게 회사 이야기를 하다가 최근 돌아가는 연예계로 화제를 돌렸다.

"요새 이현아라는 이름이 심심찮게 들리더군요."

"크흠……."

리처드의 말에 정현태 이사는 얼굴을 구겼다. 사촌이 땅을 사도 배가 아픈데, 적이나 다름없는 회사의 가수가 잘나간다니 기분이 좋을 리가 없었다.

"들어보니 시청률에까지 영향을 미쳤다지요?"

"그건 비약입니다. OST 하나로 시청률까지 좌지우지하다니, 말 많은 자들의 설레발에 불과합니다."

정현태 이사가 세차게 고개를 흔들었지만, 리처드는 오히려 반론을 던졌다.

"아니지요. 이번에 나도 그 드라마를 봤습니다만, 확실히 잘 만들었더군요. 명품 드라마라는 평이 괜히 나온 게 아니었어요. 거기에 노래가 나올 때마다 가슴을 저미게 하는 뭔가가 느껴지더군요. 남자인 나도 이런데, 여자들은 오죽할까요."

"……."

정현태 이사는 어색한 웃음만 흘렸다. 사실 그에겐 드라마 보는 취미는 없어 무슨 말인지 잘 몰랐다.

그 마음을 아는지 모르는지, 리처드는 말을 이어갔다.

"그 드라마를 보고 다시 깨달았지요. 월드는 무서운 곳이라는 걸."

"……그렇습니까."

정현태 이사가 뚱한 반응을 보였지만 리처드는 진지한 눈으로 그의 손을 굳게 잡았다.

"이대로 놔두면 월드는 MG가 될 수도 있다고 생각합니다."

"이사님, 그건……."

"제 말, 무슨 말인지 아시겠지요?"

"……."

시리도록 차갑게 눈을 번득이는 리처드를 보며 정현태 이사는 아무런 말도 하지 못했다.

인문희의 미니앨범에 들어갈 4개의 곡이 완성되었다.

강윤은 박소영과 희윤을 비롯한 월드 소속 가수들에게 2곡의 편곡을 맡겼고, 자신이 1곡의 편곡을 맡았다. 일본에서 강윤은 작업실과 A-Trust에서 살다시피 하며 일에 매달렸다.

인문희도 연습실에서 막바지 연습에 돌입했으며, A-Trust도 지난번에 이야기했던 '오늘의 엔카' PD를 만나 섭외를 확정지었다.

모든 과정이 순조롭게 흘러갔다.

"아니, 킥 소스가 너무 높은데……."

리듬을 위한 드럼 소리를 삽입하며, 강윤은 한숨을 쉬었다. 드럼의 킥 소리를 편곡하는데 저음이 너무 울리는 바람에 피크가 영역을 넘어버린 것이다.

"조금만 괜찮다 싶으면 영역을 넘어버리네. 게다가 끊어지고…… 기계음 같잖아."

엔카에서 기계음이라니, 최악의 조합이었다.

이번 타이틀곡은 어쿠스틱한 소리들이 포인트다.

하지만 적합하다 생각한 소리가 조합하기만 하면 난리도 아니다. 지금까지 적합하다 생각한 킥 소스들을 다 불러냈지만, 엔카라는 장르에 맞는 소스를 찾는 건 쉽지 않았다.

"휴……."

어깨를 늘어뜨리면서도 강윤은 작업을 멈추지 않았다.

이 소리, 저 소리를 조합하며 킥 소스가 이어지는 물결 파동이 나오도록 소리들을 조절해 갔다.

한창 작업 중인 강윤에게 전화가 한 통 걸려왔다.

"네, 이강윤입니다."

─사장님. 저 코지마입니다.

코지마 사장의 목소리는 다급했다.

강윤이 용건을 물으니 그는 잠시 숨을 고르며 올라간 목소리로 말했다.

─이번에 '오늘의 엔카' 출연 말입니다. 그게…… 무산될 것 같습니다.

"네? 그게 무슨 말씀이십니까?"

─죄송합니다. 엔카 가수들 사이에 분위기가 좋지 않다는 이유로…… 자세한 건 사무실에서 말씀드리겠습니다.

강윤은 하던 작업을 중단하고 서둘러 사무실로 향했다.

"이게 어떻게 된 겁니까?"

사무실에 도착하자마자 강윤은 어두운 표정을 짓고 있는 코지마 대표에게 이유를 물었다.

그는 의문 어린 표정을 지으며 이유를 설명했다.

"JAN에서 이의를 제기했습니다. 작년 겨울부터 올 여름까지 엔카계에선 신인가수가 단 한 명도 나오지 않았다는 걸 이유로 들더군요. 선배가 돼서 후배들에게 무대도 열어주지 못했는데 타국의 가수가 기회를 채간다는 건 있을 수 없다고 이야기하더군요."

"JAN이라면 일본엔카가수연합이군요. 지금이 어떤 때인데 그런 국수주의적인 움직임을……?"

강윤은 이해가 가지 않았다.

연예인 개인이 반한류니, 해외 가수가 싫다는 등의 이야기를 하는 이들은 종종 있었다.

그러나 이런 식으로 한 단체가 한 가수의 무대를 반대한다는 것은 있을 수 없는 일이었다. 게다가 뒤에서 조용하게.

당장 힘이 없다는 것이 염려되었지만 강윤은 냉정하게 상황을 파악했다.

"협회가 나서서 그런 움직임을 보이기엔 부담이 클 것이라 생각합니다. 아무래도 이번 일로 이익을 얻는 자가 있을 겁니다."

"저도 그렇게 생각합니다. 저희는 '오늘의 엔카' 무대를 기정사실화하고 있었습니다. 엔카계도 신인에 목말라서 자국인이든 외국인이든 지원을 해줄 것이라고 확신했었지요. 그런데 이렇게 뒤통수를 맞을 줄은……."

예상하지는 못한 상황이었지만 강윤은 침착하게 방법을 떠올렸다.

"이젠 두 가지 선택지가 있겠군요. 데뷔를 가을로 미루던가, 아니면 무대를 바꾸던가. 아무래도 데뷔 시기를 늦춘다면 리스크는 더더욱 커질 것입니다. 약하다는 인상은 덤으로 주게 되겠죠. 이런 때는 기싸움에서 밀리면 아무 것도 못합니다. 강하게 나갈 필요가 있을 것 같습니다."

강윤이 강하게 의견을 피력했지만 코지마 대표는 반대의 견을 냈다.

"강윤 사장님. 전 반대입니다. 엔카, 아니 가요계 전반에서 JAN의 힘은 무시할 수 없습니다. 저들 대부분은 일반 가수들의 선배들입니다. 분명히 더 큰 단체행동에 나설 가능성도 있습니다. 거기에 JAN에 가입하지 않은 엔카 가수들은 음반유통사와 계약하기도 어려울 겁니다. 강하게 나간다면 더 심하게 찍혀서 가요계에서 퇴출될 수도……."

그러나 강윤은 코지마 대표의 어깨를 잡으며 그를 설득해 갔다.

"저들도 정면으로 나서지는 못합니다. 기껏해야 다른 사람들을 내세워 우리 앞길을 막는 정도겠지요. 손이 닿아 있는 음반유통사와 계약을 못하게 막는 정도일 겁니다."

"그런 게 무서운 겁니다. 저들의 손이 뻗치지 않은 곳이

어디 있겠습니까? 사장님. 차라리 강하게 가는 것보다 그들의 이유를 파악해서 속을 긁어주는 것이 어떻습니까? 저도 JAN 의 행태는 화가 납니다만…… 어쩌겠습니까. 힘이 없는 걸."

코지마 대표는 현실적인 이유를 들고 나왔다. 이미 만들어진 질서에 거부하면 다친다. 일본인들 사이에 굳어진 문화 속에서 나타나는 모습이기도 했다.

하지만 강윤은 강하게 고개를 흔들며 반론을 제기했다.

"제가 알기로 엔카 앨범을 유통하는 회사와 아이돌 음반을 유통하는 회사는 서로의 영역을 침범하지 않는다고 들었습니다."

"그건 그렇습니다만…… 혹시?"

그의 눈이 휘둥그레졌다.

업계의 질서를 깨 버린다. 대번에 강윤의 뜻을 알아차린 그는 놀라 눈을 크게 떴다.

"잠깐, 잠깐만요. 이건 위험합니다. 아이돌 음반 유통회사에게 엔카 앨범 유통을 맡긴다니. 우리가 본 피해를 다른 업계에 전가할 수는……."

"사업가들은 무엇보다 돈이 되는지, 안 되는지를 우선합니다."

이건 무슨 말일까.

뜬금없는 말이었지만 코지마 대표는 강윤의 말에 귀를 기울였다.

"가수 유리의 실력, 홍보 전략 등을 앞세워 회사들 스스로가 오게 만들 것입니다. 엔카 유통업체들은 JAN의 눈치를 보며 오지 못할 테지만 다른 회사들은 조용히 사람을 보낼 겁니다."

"하……."

코지마 대표는 어깨를 추욱 늘어뜨렸다.

그의 전략들은 위험했다. 그러나 하나같이 기존의 판들을 깰 수 있는 힘이 있었다.

'이것 외에 다른 방법이 있나?'

무엇보다 코지마 대표는 다른 방법을 떠올리지 못했다.

JAN의 압력에 굽히지 않고 판을 깨버리겠다니.

결국 강윤의 패기가 코지마 대표를 움직였다.

"……일단 해봅시다. 하, 하…… 이렇게 롤러코스터같이 박진감 넘치는 일은 단연 처음입니다."

강윤은 자신의 뜻에 따르겠다는 코지마 대표의 손을 굳게 잡았다.

"꼭 이번 앨범, 성공시킵시다."

"이를 말입니까."

강윤은 이후 뮤직비디오와 녹음에 대한 이야기를 나누었다.

인문희의 컨디션도 무척 좋고, 뮤직비디오 팀은 JAN과 관련이 없다는 말을 들은 강윤은 한숨을 쉬었다.

두 기획사 모두가 각자의 일들을 분배한 이후 강윤은 사무실을 나섰다.

바람을 일으키고 나간 강윤의 뒷모습을 보며 코지마 대표는 중얼거렸다.

'폭풍우가 지나간 것 같군.'

앞으로의 험난한 여정이 예상되어 그는 온몸에 힘이 빠져버렸다.

♪ ♪♩♪ ♪♫♪ ♪

JAN(일본엔카가수연합)은 도쿄의 명소 중 하나인 도쿄타워 인근 빌딩에 위치해 있었다. 멀지 않은 곳에서 도쿄타워도 보이는 명당 중의 명당이었다.

세련된 빌딩 건물 안의 협회장실에서는 호탕한 웃음소리가 터져 나오고 있었다.

"하하하. 지사장님께 감사하다고 전해주세요. 네, 네. 당연합지요. 아무리 한국에서 날고 기었어도 이곳에서 힘을 쓸 수 있겠습니까. 하하하."

호탕한 목소리만큼이나 큰 덩치의 남자는 사방이 떠나가

라 큰 소리를 냈다. 그는 몇 번이나 걱정 말라는 메시지를 전하며 고개까지 숙이고는 통화를 마쳤다.

"리처드, 이 사람은 완벽한데 가끔 보면…… 답답한 구석이 있단 말이지. 닭 잡는데 소 잡는 칼을 왜 쓰라는 거야? 겨우 한국에서 온 신인 나부랭이 때문에 JAN까지 움직이라니. 뭐, 나야 다음 앨범에 투자도 받고 좋지만."

조금 전 전화로 얘기를 나눈 상대방까지 한껏 비웃은 JAN의 협회장, 하루키 스바루는 개운한 미소와 함께 기지개를 폈다.

사실, JAN의 협회장이라고 해도 그가 실질적으로 하는 일은 거의 없었다. 선배라는 이유로 구심점이 되어 주는 것이 주된 일이라면 일이었다.

그는 소속사로 바로 전화를 걸었다.

"애릭튼에서 입금되면 바로 연락해. 이번 음반은 꼭 성공시킬 테니까."

모처럼 회사에 떳떳하게 이야기한 그는 어깨를 당당하게 폈다.

편곡을 마친 박소영은 바로 강윤에게 곡을 전송했다.

"해방이다!"

작업을 끝낸 해방감은 무엇과도 비교할 수 없었다.

그녀는 가방에 짐을 대충 구겨 넣고 스튜디오를 나서려 했다. 그런데 그녀의 핸드폰이 좌우로 춤을 추었다.

—미안. 아무래도 인트로와 VERSE 1이 연결되는 부분이 자연스럽지 않은 것 같아. 악보에 체크해서 보낼게. 수정 부탁해.

이틀 동안 밤샘작업을 했던 박소영으로선 청천벽력과도 같은 문자였다. 조금이라도 쉬고 싶었는데, 스파르타같이 몰아치는 강윤 때문에 그녀는 울상을 지었다.

'으아앙⋯⋯.'

한편, 희윤도 집에서 편곡을 보내고 얼마 지나지 않아 강윤의 날벼락 같은 문자를 받았다.

—인트로도 없는 음악에서 VERSE 1이 너무 작아. 좀 더 임팩트 있게 수정 부탁해.

"오빠아아아!"

필승의 의지를 다지며 편곡을 해서 보냈건만!

결국 잠은 물 건너갔다.

오빠의 말이라면 무조건 듣는 희윤이었지만, 오늘은 다른 생각이 들었다.

'……핸드폰 꺼 놓을까?'

하지만 그런 생각은 잠시뿐, 그녀는 바로 자리에 앉아 작업을 시작해야 했다.

"……혀어어어엉!"

희윤은 방음벽마저 뚫고 들어오는 남자의 외침에 작게 한숨을 쉬었다.

"재훈 오빠도 백 당했네. 하아……."

이번 앨범은 여러모로 파란만장했다.

강윤의 시간은 24시간도 모자랄 지경이었다. 그는 편곡을 불과 하루 만에 끝내고 바로 잠이 든 후 4시간 만에 잠에서 깼다.

그 이후, 도쿄와 나리타 등을 돌며 음반 유통을 위한 일에 돌입했다. 그의 철인 같은 모습을 보며 츠카사 프로듀서는 걱정되어 한마디 했다.

"……열심히 하시는 건 보기 좋지만, 그러면 몸이 상합니다."

회사로 차 키를 받기 위해 왔다가 들은 한마디에 강윤은 여유 있게 미소 지으며 손을 저었다.

"괜찮습니다."

"유통사를 구하자마자 바로 방송국행이라니요. 잠깐 쉴 여유는 있답니다."

그녀가 부드럽게 이야기했지만 강윤은 괜찮다며 차 키를 받아들고 사무실을 나섰다.

강윤과 코지마 대표가 발로 뛴 덕에 음반유통사를 구할 수 있었다. 그리 크지 않은 중소 유통사였지만 그들은 인문희의 노래를 듣고는 뜻을 결정했다.

"놀랍습니다! 바로 사인하겠습니다."

그들로서도 도박이었다.

하지만 이런 음반이라면 반드시 큰 이익을 볼 수 있을 거라는 생각에 결단을 내렸다.

A-Trust 사람들과 코지마 대표는 강윤이 유통사와 계약할 동안 여러 방송국을 돌며 인문희의 데뷔 무대를 알아보았다.

그러나 쉽지 않았다. 엔카 가수들이 출연하는 프로그램은 물론 일반 가요 프로그램까지 JAN의 영향력을 피하기 힘들었다. 가수들이 선후배 사이로 얽혀 있어 방송국도 그들의 눈치를 볼 수밖에 없었다.

'노래는 정말 최곤데…….'

대부분의 음악방송 PD들은 진한 아쉬움을 드러내면서도 끝내 가수 유리의 데뷔 무대를 불허했다.

'쇼케이스를 하고 싶지만 여론전에서 밀려서 효과가 없을 거야. JAN의 입김이 생각보다 거세다. 선후배 관계로 압박하면…….'

마지막 희망이라고 생각했던 NPI 방송국까지 거부했다는 연락을 받고, 강윤은 운전대에 얼굴을 묻었다.

'가수들의 영향력에서 자유로운 곳. 자유로운 곳이라…… 하아.'

답답한 마음에 강윤은 차를 세우고 잠시 DMB를 켰다.

채널을 넘기던 중, 강윤의 손이 'YAMESE'라고 쓰인 채널에서 멈췄다.

'뭐야, 이건?'

핸드폰에서 일본 여자 연예인이 비키니를 입고 해변에서 죽도를 깨는 예능 프로그램이 한창 방영되고 있었다.

'여긴 예능 전문 방송이지? 그런데 이거…… 12세라고?'

방송에서는 자극적인 내용들이 많았지만, 한국과는 너무도 다른 심의 규정 탓에 성인 콘텐츠로 분류되지 않았다.

성적인 코드도 적당히 섞인 일본의 예능 프로그램을 보며 강윤은 실소했다.

'이 방송국은 이런 방송들 위주로 방송을 하지. 연예인들은 다양하게 출연하지만 가수들과는 특별히 인연이 없…… 잠깐.'

그때, 강윤의 머릿속에 형광등이 켜졌다.

'가수들과 관련이 없다? 예능 프로그램은 무엇이든 할 수 있지. 신인들의 출연도 많고 시청률도 낮지 않다. 그렇다면……!'

강윤은 바로 시동을 걸고 'YAMESE' 방송국으로 향했다.

차 안에서, 그는 A-Trust에 연락해서 급한 대로 작게라도 음악과 관련 있는 PD와 약속을 잡아달라고 요청했다.

-11층으로 가시면 상대가 나와 있을 겁니다.

"감사합니다."

-그런데 그 PD, 이 사장님을 알고 있더군요. 그것도 아주 잘.

"네?"

강윤이 의문을 표했지만, 코지마 대표는 직접 만나보면 알 거라며 이야기해 주지 않았다.

'YAMESE' 방송국에 도착한 후, 강윤은 엘리베이터를 타고 11층으로 향했다.

11층에서 내려 출입증을 찍는 곳에 도착하니 과연 뜻밖의 인연이 기다리고 있었다.

"안녕하시무니까. 오느라 고생하셨습네다."

어설픈 한국어로 강윤에게 반갑게 인사하는 이. 그는 아사이 TV에서 뮤직 스테이션을 연출했던 요코제키 PD였다.

과거 주아의 뮤직 스테이션 데뷔 무대를 힘들게 허락해 줬지만, 이후에는 지원을 아끼지 않은 사람이었다.

강윤은 반갑게 손을 내밀었다.

"안녕하십니까. 오랜만입니다, PD님."

"하하하. 얼굴은 좋아 보이십니다. 역시, 사업이 잘되고 있어서 그런가요?"

"과찬이십니다."

요코제키 PD는 강윤의 손을 맞잡으며 환한 미소를 보였다. 그는 AD에게 차를 가져오게 한 후, 회의실로 강윤을 안내했다.

이미 사정을 알고 있던 그는 조금은 가라앉은 목소리로 말했다.

"대충 사정은 들었습니다. JAN에 대한 소문은 무척 좋지 않습니다. 하지만 선배와 후배로 얽힌 인맥으로 가요계 전반에 영향을 미치는 건 부정할 수 없지요."

"저도 그 힘을 느끼고 있습니다. 방송 무대는 수단과 방법을 가리지 않고 막아서더군요. 그래도 음반 유통사와도 계약을 했고, 뮤비 촬영도 곧 들어가게 됐습니다."

"역시. 팀장님은 다르군요."

그는 당연하다는 듯 가볍게 박수를 쳤다.

잠시 침묵이 흘렀다. 이제는 본론을 이야기할 시간이었다.

강윤은 찻잔을 내려놓으며 차분한 어조로 말문을 열었다.

"PD님이 이번에 음악 예능 프로그램을 연출하신다고 들었습니다. 파일럿이 편성되었고 말이죠. 거기에 저희 유리가 데뷔무대를 가질 수 있게 해주십시오."

요코제키 PD는 침음성을 터뜨렸다.

"흠…… 강윤 팀장님의 말이라면 신뢰가 갑니다만, 그래도 어떤 가수인지 먼저 보고 결정하고 싶네요. 괜찮을까요?"

"물론입니다."

강윤은 USB를 꺼내 옆에 있던 컴퓨터에 꽂았다. 곧 인문희의 녹음 파일이 재생되자 요코제키 PD는 눈을 감았다.

잠시 후, 감상을 마친 그는 황홀한 표정으로 입을 열었다.

"유리 씨라고 했지요? 레코딩 작업이 끝나지 않은 것 같지만…… 목소리는 정말 깨끗하군요. 이런 목소리의 엔카는 정말 처음입니다. 역시, 팀장님이 데려온 가수들은 확실히 다르네요."

"과찬이십니다."

이후, AD가 가져온 서류에 강윤은 사인을 했고 '오늘은 ALL NIGNT 할 거예요' 파일럿 방송에서 가수 유리의 데뷔무대가 열리는 것이 결정되었다.

파일럿이라 요코제키 PD도 부담이 상당했지만, 확실한 노래를 듣고 나니 걱정은 없었다.

"믿어주셔서 감사합니다."

계약을 마치고, 자리에서 일어난 강윤은 정중히 고개를 숙였다.

그러자 요코제키 PD는 손을 들어 강윤을 제지했다.

"이러지 마십시오. 철저히 가능성을 보고 패를 던진 것이니까요."

이후 두 사람은 11층 로비로 향했다.

요코제키 PD는 직접 엘리베이터 버튼을 눌러주고는 강윤과 눈을 마주했다.

"왠지 이번에는 JAN이 제대로 물을 먹는 걸 볼 수 있을 것 같아서 기분이 좋습니다."

"무슨 이유가 있습니까?"

"하하하. 준비하고 있는 게 있지 않으십니까?"

요코제키 PD의 날카로운 눈이 강윤과 마주쳤다.

"……."

엘리베이터가 도착했지만, 강윤은 올라타지 않고 침묵을 지켰다. 결국 엘리베이터는 11층에 섰다가 다시 밑으로 내려가 버렸다.

강윤이 엘리베이터를 다시 누르자 요코제키 PD는 의문이

드는지 고개를 갸웃거렸다.

"이상하군요. 팀장님은 준비하고 있을 줄 알았는데……."

요코제키 PD가 계속 이상한 말을 했지만 강윤은 웃을 뿐 명확한 답을 주지는 않았다. 결국 엘리베이터가 다시 오고, 강윤은 손을 흔들며 안으로 들어갔다.

"나중에 뵙겠습니다."

"그럼 며칠 후에 뵙지요."

강윤이 내려간 이후, 요코제키 PD는 고개를 갸웃했다.

'이번에 JAN 소속 가수들이 협회에 내야 하는 비용이 음반가격의 3%에서 6%로 두 배가 뛰었다는 걸 못 들었나? 흐음…….'

요코제키 PD는 상념에 잠겼다가 다시 사무실로 돌아갔다.

주차장에서 운전석에 올라탄 강윤은 다시 한 번 받은 서류들을 살피며 생각했다.

'협회비 2배 인상. JAN의 소속 가수들의 불만이 상당하겠지. 여기에 문희의 앨범이 성공하면 근간을 흔들 수 있다. JAN의 힘을 빌리지도 않고 엔카 가수로 성공한다면, 앞으로 굳이 가수들이 JAN에 있을 필요를 느낄까? 자승자박이지.'

A-Trust로 향하는 길에 강윤은 JAN을 생각하곤 입술을

꾸욱 깨물었다.

♪♪♪♪♪♪♪

JAN의 협회장, 하루키 스바루의 하루는 단조로웠다.

최근 5년 간 냈던 앨범들이 흥행에서 모조리 참패를 맛본 이후, 그는 소속사보다 JAN에서 주로 시간을 보냈다. 여비서와 노닥거리기도 하며, 방송 관계자들과 골프를 치러 다니는 등 그는 음악보다 다른 쪽에 힘을 쏟았다.

한때는 100만 장 가까운 앨범 판매량을 보유하고 있던 가수였지만 지금은 영락없는 사업가의 모습을 보이고 있었다.

"오늘도 보람찬 하루였다."

하루키 스바루는 골프가방을 한쪽 구석에 정성껏 세워놓으며 기지개를 폈다.

"아직 어설픈 시간이긴 하지만 퇴근해 볼까?"

시계를 보니 오후 4시였다.

……직장인들은 한창 일할 시간이었다.

하지만 JAN 최고 어른인 그가 퇴근한다는데, 누가 뭐라고 할 사람이 없었다.

시원한 기분으로 사무실을 나서려는데, 그의 핸드폰에 전화가 걸려왔다.

-하루키 씨. 납니다, 리처드.

"아이고! 지사장님!"

하루키 스바루는 아무도 없는 허공에 고개까지 숙여가며 예를 표했다.

그러나 그런 예가 무색하게 전화기에서 들려오는 목소리는 심하게 가라앉아 있었다.

-야메스에서 무슨 일이 벌어지고 있는지 아나요?

"야메스요? 그 저질 콘텐츠나 잔뜩 내보내는 방송국은 갑자기 왜……."

그러자 전화기에서 고성이 터져 나왔다.

-지금 그 저질 방송에서 월드 가수가 데.뷔.무.대.를 가진단 말입니다!

"네에?!"

-당장 TV 켜서 야메스로 돌려봐요!

하루키 스바루는 원색적이라며 거의 보지도 않는 야메스 채널을 틀었다. 그러자 TV에서는 '오늘은 ALL Night 할 거예요-한국에서 찾아온 엔카 가수, 유리'라는 타이틀을 가진 음악방송이 한창 광고를 이어가고 있었다.

'뭐 이런……!'

그는 할 말을 잃고 심하게 목소리를 떨기 시작했다.

-……누누이 이야기하지 않았습니까. 수단과 방법을 가

리지 말고 끊어내라고.

전화에서 들려오는 리처드의 목소리가 매우 낮아졌다.

투자를 받는 입장인 하루키 스바루는 절절 매며 말을 더듬었다.

"야메스 방송국은 그라비아 모델이나 기껏해야 신인들이 많이 출연하는 방송입니다. 게다가 파일럿 방송 같은데요. 시청률이 높은 방송국도 아니고 이 정도쯤이야 괜찮……."

─……알았으니 방송 후에 이야기하지요.

그의 말이 끝나기도 전에 리처드는 일방적으로 전화를 끊어 버렸다.

"젠장. 투자자면, 다냐? 다야?!"

속에서는 천불이 났지만 혼자서 화풀이하는 것밖에 다른 도리가 없었다.

일단 방송이 어떠한가부터 보는 게 우선이었다.

'내가 왜 이런 B급 방송까지도 챙겨 봐야 하는 거야?'

그놈의 돈이 뭔지.

하루키 스바루는 고개를 절레절레 흔들었다.

시간은 흘러 밤 12시가 되었다.

각방을 쓰는 부인이 잠을 자기 위해 방에 들어가자 그는 거실에서 TV를 켰다.

'별거 없기만 해봐라.'

그렇게만 된다면 리처드 앞에서도 큰소리 칠 수 있을 테니.

잠시 흘러나오던 광고가 끝나고, 메인 방송이 시작되었다. 노래를 위한 큰 스튜디오와 토크쇼를 위한 자리가 함께 오버랩된 후, 사회자가 등장했다.

그는 간단한 자기소개와 아이스 브레이크를 하고는 바로 가수를 소개했다.

─오늘 소개할 가수는 한국에서 온 유리라는 가수입니다. 자, 일단 노래를 들어보고 이야기하는 게 맞겠지요? 그럼 무대를 시작하겠습니다.

"오오오!"

관객들의 박수소리와 함께 지미집 카메라가 화려하게 꾸며진 무대로 옮겨졌다.

하루키 스바루는 소파에 앉아 한쪽 팔을 괴며 눈을 게슴츠레하게 떴다.

'얼마나 잘하는지 보자고.'

TV에 기모노를 입은 여가수와 밴드들이 들어왔다.

미인이기는 했지만, 한눈에 들어올 정도의 미인은 아니었다.

그도 이름만 들었지, 인문희라는 가수가 어떤 사람인지는 제대로 몰랐다. 방해의 대상이기는 했지만 리처드로 인해 얽힌 것뿐, 개인적으론 관심 밖의 인물이었다.

어쿠스틱 기타의 여유 있는 리듬의 반주와 함께 음악이 흐르며 기모노를 입은 여가수는 마이크를 잡았다.

-ためらうくちびるを~ そっと重ねて~

(망설여지는 입술을 살포시 포개며~)

첫 소절을 듣자마자 하루키 스바루의 등에 시린 감각이 느껴졌다.

'뭐야, 이 목소리는?!'

맑은 소리가 깊이 울리며 퍼져 갔다. 거기에 희미하게 시작하는 꺾이는 소리까지.

마치 엔카를 저격하는 듯한 목소리였다.

오랜 세월 동안 엔카 가수로 활동한 그였지만 단연코 이런 목소리는 접해본 적이 없었다.

'하! 뭐야? 설마 이 정도였어?! 리처드 그 인간이 그래서 그렇게…… 저런 괴물은 어디서 튀어나온 거야?!'

깊은 밤, 그는 속으로 불안한 감정을 꾹꾹 눌러가며 TV를 노려보았다.

♪ ♫ ♩ ♪

중국 일정과는 달리 강윤은 일본에서의 일로 오랜 기간 자리를 비웠다.

그러나 이현지가 강윤의 빈자리를 잘 매우고 있었기에 월드엔터테인먼트는 무리 없이 돌아가고 있었다.

"1분기, 2분기는 확실히 적자네. 하긴…… 투자를 워낙 많이 했으니까."

민진서 영입을 비롯해 파인스톡 음악 서비스 투자, 인문희 일본 진출 등 굵직한 일에 많은 자금이 들어갔다.

"문희 씨 앨범이 잘돼야 하는데…… 후우. 처음이니까 적당히 적자를 메우는 선이라 예상해 보고……."

강윤이 출중한 사람이라지만, 그녀는 낙관적으로만 생각하지 않았다. 이번에 일본에서도 JAN이라는 단체 때문에 데뷔 무대도 가지기 힘들었다고 하지 않았던가.

"적자를 어느 정도는 메워줘야 할 텐데. 그래도 강윤 씨가 있는데……."

투자 금액이 워낙 많았기에 1분기, 2분기의 적자를 모두 메울 수 있을 거란 생각은 하지 않았다.

하지만 어느 정도 부담은 덜어줬으면 하는 게 그녀의 바램이었다. 사내의 여유자금은 충분했지만 자원은 한정되어 있는 법이니까.

"에디오스 제니 스케줄에……."

스케줄 매니저가 짠 소속 연예인들의 스케줄과 계획서 등을 살피며 그녀는 일에 몰입했다.

하지만 일은 많았고, 그녀의 몸은 하나였다.

"……아무래도 사무실 직원들을 더 뽑아야겠어."

그녀는 한숨을 쉬며 자리에서 일어나 창가로 눈을 돌렸다.

아무리 생각해도 사무실 인원 4명이 커져 가는 회사 사무를 처리한다는 건 무리가 따랐다.

회사에서 운영하는 자금의 규모는 처음 시작할 때보다 몇 배나 커졌고, 소속 연예인들의 숫자도 많아져 일들은 갈수록 늘어갔다.

"강윤 씨가 오면 상의해 봐야겠어. 그래도 얼추 끝나가는구나. 그런데 노래에 대한 것들은…… 하아. 강윤 씨가 없으니까 진도가 안 나가네."

강윤의 빈자리는 무척 컸다.

소속 연예인 관리는 그가 없이도 할 수 있었다.

하지만 가수들과 음악적인 이야기를 나누는 것이 문제였다. 강윤만큼 가수들의 속을 시원하게 해주는 이가 없었기 때문이었다.

"……곡은 받았는데, 판단이 쉽지 않네."

이현지의 책상 위에는 USB가 놓여 있었다. 김지민이 이번에 만든 곡이라며 가져온 것이었다.

"다들 적극적이야. 에디오스도, 재훈 씨는 문희 씨한테 곡까지 보내고 또 작곡 중이라 하고…… 다른 가수들은 휴식

기간에 여행도 가고 그러는데 우리 가수들은 왜 이렇게 일하는 걸 좋아한데."

그녀는 괜히 가수들을 탓하며 멋쩍은 미소를 지었다.

사실 이미 알고 있었다. 가수가 무대에서 느끼는 즐거움은 무엇과도 바꾸기 힘든 마력이 있으니까.

강윤이라는 존재는 거기에 기름을 부은 것이나 마찬가지였고.

"자자! 다시 해볼까?"

잠시의 휴식으로 기운을 얻은 그녀는 다시 책상 앞에 앉아 남은 일들을 처리하기 시작했다.

그녀의 밤은 그렇게 깊어져 갔다.

야메스 방송국의 심야의 음악 라이브 방송 '오늘은 ALL NIGNT 할 거예요'는 야메스 방송국에서도 새로운 시도였다. 아니, 19금 딱지를 붙여 자극적인 방송을 내보내던 야메스 방송국에겐 새롭다 못해 혁명적인 시도라고 봐도 과언이 아니었다.

12시에 시작하는 심야 라이브 방송. 게다가 관객도 있었다. 대부분 돈으로 고용한 아르바이트였지만 말이다.

강윤은 날선 눈으로 카메라 뒤에서 인무희의 첫 무대를 지켜보고 있었다.

'심야라서 걱정했는데. 다행히 목은 안 잠겼구나.'

계속 목을 관리한 보람이 있었다.

강윤은 맑게 터져 나오는 그녀의 목소리를 들으며 안도의 한숨을 내쉬었다. 관객까지 동원된 한밤의 음악 라이브 방송이라니.

요코제키 PD는 새롭다 못해 당혹스럽기까지 한 아이템을 들고 나왔다.

-どうもならんのよ~

(안 되겠어요~)

인무희의 목소리는 천천히 올라가더니 주변을 강하게 끌어당겼다.

'이번 파일럿 신인, 장난 아닌데?'

'물건이야, 물건. PD님은 어떻게 저런 사람을 섭외했지?'

카메라 감독들은 카메라를 움직이며 그녀의 무대를 담았다.

-ずっと夢見てた だけど違ったの

(항상 생각했지만 달랐어요~)

인무희의 목소리가 힘을 더하며 희미한 떨림이 섞여 나왔다. 그녀에게서 나오는 음표는 10가지가 넘는 악기의 다양한 음표들과 하나가 되어 화려한 은빛을 만들어냈다.

'은빛이라…….'

좀 더 나은 것을 기대했었기에, 강윤은 쓸쓸한 미소를 지었다.

사전에 작곡가와 가수를 계속 붙여놓고, 노래할 때의 일본어 발음까지 신경 썼건만…….

그러나 실망하기가 무섭게 은빛 안에서 다른 이질적인 빛이 비치기 시작했다.

'금빛?'

그 빛이 뭔지 잘 아는 강윤의 눈이 번쩍 뜨였다.

그동안의 노력에 보상이라도 하듯.

'……!'

수많은 무대를 봐온 요코제키 PD마저 넋을 놓을 정도였다.

'저 여자 한국인 아니었어? 엔카를 이렇게 잘 부른다고?'

'……몰라. 발음도 괜찮고. 돈 받고 이런 노래를 들어도 되는 거야?'

'나 팬 한다. 꼭 한다.'

'난 두 번 한다.'

처음엔 기계적인 박수로 인문희를 맞았던 관객들은 모두가 입을 쩍 벌리며 그녀가 준 충격에 빠져들었다.

보랏빛을 띠던 조명이 천천히 전환되며, 그녀의 목소리도 더더욱 고조되었다. 노란빛의 조명이 그녀의 얼굴을 더 환하게 비치며 관리해 온 얼굴을 여과 없이 드러냈다.

'……예쁘다.'

'이따 사인 받아야지.'

깊어져 가는 목소리만큼, 모인 모두가 그녀의 노래에서 헤어나질 못했다. 노래가 계속될수록 인문희에게서 나오는 노란 음표의 색이 한층 진해졌다.

짙어진 음표가 빛에 스며들자 은빛 안에서 금빛이 차지하는 비중이 더더욱 커져 갔다.

그렇게 노래는 2절에서 절정으로 치달았다.

ーあたしの心は ずたずたになるのよ

(나의 마음은 와르르 무너지네요.)

자리싸움이라도 벌이듯, 두 개의 다른 빛은 심장 뛰듯 요동쳤다.

ー今日悲しい歌が響く〜

(오늘 난 슬픈 노래를 불러요~)

그녀의 목소리가 롤러코스터를 타듯 아래에서 위로, 또 위에서 아래로 요동쳤다. 10개에 달하는 악기들도 분위기를 타고 절정을 불태워갔다.

절정을 지나, 노래의 키가 변하고 첫 소절이 나왔다.

—ずっと夢見てた〜

(항상 생각했어요〜)

그녀의 목소리와 코러스의 화음이 조화를 이루며 남아 있던 은빛이 모두 사라졌다.

은빛이 섞이지 않은, 순수한 금빛이었다.

'금빛……!'

온전한 금빛에 몸이 반응한 걸까.

강윤은 따스한 뭔가가 자신을 감싼 듯한 기분을 느꼈다.

'은빛은 시원한 느낌이 강했는데, 금빛은…… 이렇게 따스하구나.'

따뜻한 봄날의 햇살과 함께 시원한 바람을 맞는 느낌이었다. 강윤의 옆에서 조용히 팔짱을 끼고 있던 츠카사 프로듀서도 손수건으로 눈가에 흐르는 눈물을 찍어내며 말했다.

"이 정도 무대를 보일 줄은 상상도 못 했습니다. 이건 안 될 수가 없겠어요."

직접 인문희의 앨범을 녹음한 츠카사 프로듀서지만, 그녀의 라이브가 이 정도의 흡입력이 있을 거라고는 생각하지 못했다.

하지만 여기 모인 모두를 빨아들인 무대를 보고 나니 확실해진 것이 있었다.

"……수정해야겠네요."

"무엇을 말입니까?"

강윤의 물음에 츠카사 프로듀서는 멋쩍게 웃었다.

"아직 말씀은 못 드렸지만, 사실 전 이번에 오리콘 차트 50위권에 진입하면 성공이라고 여겼어요. 무대 문제부터 JAN 문제까지. 하지만 노래를 듣고 나니 다 괜찮을 것 같네요. 10위권, 아니 5위권도 꿈이 아닐 것 같네요."

그 말에 강윤은 피식 웃었다.

은빛의 파급효과를 생각해 보면 금빛은 말할 것도 없었다.

이윽고 노래가 끝이 나고 사회자가 박수를 치며 스튜디오로 걸어 나왔다.

"……할 말이 없게 만드는 무대 잘 봤습니다. 유리 씨, 아니 유리 짱이라고 불러도 될까요?"

사회자의 눈은 노래 탓인지 부드러웠다.

친한 여성에게 붙이는 '짱'이라는 표현에도 인문희는 흔쾌히 고개를 끄덕이며 답했다.

"네. 물론이죠."

"노래만큼이나 시원시원하신 모습이 참 좋네요. 처음 봤을 때는 라인만 살아있는 가수일 거라고 생각했는데……."

"어어? 제 라인이…… 좀 좋지요?"

한국에서는 접하기 힘든 방송 스타일이었지만 인문희는 허리에 손을 올리며 뒤태를 드러내는 여유까지 보였다.

일본의 심야 방송에 철저하게 준비해 온 보람이 있었다. 환상적인 노래를 부르는 가수가 여유에 유머까지 갖추고 있으니, 사회자의 얼굴이 즐거움으로 물들어갔다.

"오오. 최고네요. 저어기 보이나요?"

"어디요?"

"저기, 남성 팬들이 줄을 서는 소리가 들리는군요."

"어머? 그래요? 흐음. 저기 줄 서신 분들, 이번 앨범 많이 사주세요."

"어어? 그래도 홍보는 안 되는데?"

"그랬어요? 아이고."

인문희가 장난스럽게 자신의 머리를 가볍게 주먹으로 때리자 분위기는 한층 더 가벼워졌다.

카메라 뒤에 선 강윤은 그녀를 향해 엄지손가락을 치켜들었다.

'잘했어.'

인문희도 강윤의 신호를 바로 알아채고는 한쪽 눈을 찡긋했다.

야메스 방송국의 '오늘은 ALL NIGNT 할 거예요'는 SNS

를 타고 순식간에 퍼져나갔다. 그 진원지는 아르바이트로 모였던 관객들이었다.

–유리 쨍! 엔카를 접수할 누님이 등장했다!
–두말 않습니다. 링크 답니다.
(http://www.tune.co.jp/IloveReaders/Yu–RiJJANG……)
–본방 못 보신 분들, 꼭 찾아보세요. 유리 쨍입니다. 유리 쨍!
–유리 쨍 사랑합니다. 기자들 뭐하냐. 기사 써라.

기껏해야 30명밖에 되지 않던 관객들로부터 시작된 SNS는 새벽을 불태우더니 기어코 일본의 메인 포털 사이트의 SNS 란을 '유리 쨍'이라는 말로 물들여놓았다.

인문희는 다음 날 11시가 넘어서야 A–Trust로 출근했다가, 츠카사 프로듀서의 상기된 표정을 보고는 어리둥절해졌다.

"츠카사 씨. 왜……."

"유리 쨍. 이 예쁜 것."

항상 덤덤한 표정을 짓던 츠카사 프로듀서는 인문희를 끌어안고는 놓지를 않았다.

갑작스러운 포옹에 인문희가 어리둥절하니 그녀가 답했다.

"대박 조짐이야. 포털은 물론이고 SNS에도 네 이야기가 없는 곳이 없어. 느낌이 매우 좋아."

"그래요?"

인문희는 어리둥절한 표정으로 고개를 갸웃했다.

'아, 나 어제 데뷔했지?'

어제 새벽 녹화를 끝내고 숙소로 돌아오니 새벽 3시였다.

영향이고 뭐고 생각할 겨를도 없이 잠들었다가 회사에 출근하니 뭔가 잘되긴 잘된 모양이었다.

그때, 문이 열리며 코지마 대표와 강윤이 들어왔다.

코지마 대표는 인문희의 손을 꼭 붙잡았다.

"최고였어요, 문희 씨."

"네? 무슨……."

"아직 인터넷을 못 봤나 보군요."

그는 친히 핸드폰에서 인터넷을 켜주며 뜨거운 반응을 보여주었다.

인문희는 자신의 이야기가 인터넷을 가득 메운 것을 보며 어리둥절한 얼굴로 강윤을 바라보았다.

"사장님. 이거…… 뭐가 어떻게 된 거예요?"

얼이 빠졌는지 그녀의 입에선 한국어가 나와 버렸다.

강윤은 그녀의 어깨를 두드려주며 말했다.

"수고했어. 뭐, 이제부터 바빠지겠네."

"바빠져요?"

강윤은 그녀의 물음에 한국어로 답해주고는 코지마 대표에게로 눈을 돌렸다.

"앞으로 문희 스케줄은 어떻게 되나요?"

코지마 대표는 웃음이 터졌는지 피식거리다가 서류를 뒤적이다 말했다.

"아사이 TV나 NDE 방송국에서 연락이 왔습니다. 공교롭게도 둘 다 음악 토크쇼네요. 또⋯⋯."

그는 불과 몇 시간 사이에 받은 스케줄 명단을 주욱 읊었다.

인문희는 여기저기서 자신을 찾아대니 얼떨떨해졌고, 강윤은 그런 그녀의 모습에 웃음을 터뜨렸다.

"유리 짱이 적응이 안 되나 보네."

"사, 사장님까지 유리 짱이라뇨."

"하하하."

유리 짱이라는 말에 부끄러워하는 인문희의 모습에 사무실의 모두가 웃음을 터뜨렸다.

"응?"

한참을 웃다가 코지마 대표는 핸드폰을 보더니 반색하는 얼굴로 말했다.

"아는 애들한테 연락이 왔는데 JAN의 내부가 심상치 않답니다."

"심상치 않다? 무슨 일이 있습니까?"

또 무슨 훼방을 놓으려는 건지.

웃음기가 사라진 강윤에게 코지마 대표는 그러지 말라며 손을 저었다.

"하하하. 별거 아니니 얼굴 푸세요. 유리 짱이 JAN에 가입을 안 했잖습니까."

"정확히는 그쪽에서 거부한 것입니다. 무슨 이유인지 계속 훼방만 놓고……."

"그래서 말이 나왔답니다. 유리 짱을 회원으로 받자고 말이죠."

뭔가 될 것 같은 기미를 보이니 요상하게 나오는 JAN의 행태는 뻔뻔하기 그지없었다.

강윤은 고개를 절레절레 흔들었다.

"훼방을 놓을 때는 언제고…… 힘들게 홀로 서니 그제야 붙으려고 하는군요. 그런 집단이라면 분명히 문제가 생겼을 때, 가수를 지켜주지 않을 겁니다. 차라리 회사에서 더 철저하게 신경 쓰는 방향으로 갔으면 합니다."

"알겠습니다. 하긴, 쓸데없이 협회비를 낼 필요는 없지요. 유리 짱을 향한 반응을 보면서 JAN에서 어떻게 생각할지, 궁금해지는군요."

"우린 우리 길을 가면 됩니다. 앨범은 어떻습니까?"

"잘 나간답니다. 이거 거하게 회식 한 번 해야 하는 거 아닐지 모르겠습니다."

밝은 사무실 분위기 속에서, 강윤은 인문희의 어깨를 다독이며 생각했다.

'JAN은 왜 문희를 방해한 걸까? 단순히 한국인이라는 이유로 데뷔 무대를 막았다는 건 이해가 안 돼.'

하지만 답은 쉽게 나오지 않았다.

이후, 사무실은 연신 걸려오는 전화로 기쁜 몸살을 앓았고, 인문희는 코지마 대표와 친분이 있는 기자와의 인터뷰를 위해 회사를 나섰다.

2화
여자 셋이 모이면 뭔가가 터진다

"소영아. 오랜만!"

"어? 희윤아."

모처럼 희윤과 박소영이 월드엔터테인먼트의 스튜디오에서 마주쳤다. 희윤이 반가움을 표했지만, 박소영은 조금 놀라는가 싶더니 흐릿한 미소로 답할 뿐이었다.

그 모습에 희윤이 걱정되어 물었다.

"어디 아파? 얼굴이 안 좋아."

"아냐. 희윤아. 나 급한 일 있어서 나중에 이야기해."

"어? 어."

박소영은 말이 끝나기가 무섭게 스튜디오를 나가 버렸다.

"소영이, 이상하네. 무슨 일 있나?"

희윤이 고개를 갸웃대고 있을 때, 스튜디오 문이 다시 열렸다. 언제나 깔끔한 정장패션을 자랑하는 이현지였다.

"이사 언니."

"너까지 이사 언니니?"

"정감 있고 좋잖아요. 이사 언니."

"……하여간."

이현지는 피식 웃으며 그녀에게 앉으라고 손짓했다.

희윤이 의아해하자 이현지는 USB를 꺼내 들었다.

"언니, 그건 뭐예요?"

"이번에 지민이가 가져 온 노래야."

"그래요? 들어보고 싶었는데."

희윤도 김지민이 박소영과 서한유와 함께 곡 작업을 한다는 걸 들어 알고 있었다. 회사 내에서 다양한 시도를 할 수 있다는 건 반가운 일이었다.

곧 스튜디오에 노래가 재생되자 희윤은 8비트의 일정한 리듬에 집중했다.

－아쉬운 선물같이 사라지는 오늘 하루는~

인트로부터 시작된 어쿠스틱 기타와 드럼과 베이스는 김지민의 시원한 보컬과 조화를 이루고 있었다.

그러나 중반부를 들으며 희윤은 고개를 갸웃했다.

'미묘하네.'

분명히 좋은 곡이었지만, 원인 모를 이질감이 느껴졌다.

흐름이 틀어졌다는 생각이 드니, 그 생각이 사로잡혀서 노래까지 이상하게 들리는 듯했다.

노래가 끝나고 희윤은 고개를 흔들며 자신의 생각을 이야기했다.

"좋기는 한데…… 미묘하게 뭔가가 있는 것 같기도 하고……."

"앨범으로 내기엔 어떨까?"

"흠……."

그녀는 가능하다, 불가능하다도 이야기하기 힘들었다. 듣기 좋은 멜로디부터 편곡까지 가미되어 있었지만 왠지 모를 불편함이 있으니…….

"제 생각엔 오빠가 오면 이야기해 보는 게 나을 것 같아요."

"네 생각도 그렇구나. 하긴, 그게 제일 안전하겠어."

"곡을 보는 눈은 오빠를 따라갈 사람이 없으니까요. 내일 온다고 했었죠?"

"응. 공항에 갈 건데, 같이 갈래?"

"네. 괜찮다면……."

"……그래서 두 사람이 같이 공항까지 나온 겁니까?"

인천공항에서 서울로 향하는 고속도로.

강윤은 이현지가 운전하는 차의 조수석에 앉아 어색한 웃음을 흘렸다.

"피곤할 텐데 미안해요. 하지만 그쪽에도 빨리 피드백을 줘야 할 것 같아서요."

이현지의 미안해하는 표정에 강윤은 괜찮다며 손을 저었다.

-오늘 하루 20살 된 나의 첫날~

김지민의 노래가 흐르는 가운데 강윤은 신중히 노래에 귀를 기울였다.

'드럼이 이상한 건가? 안 맞는 옷을 입혀놓은 느낌이야.'

카오디오에서 나오는 음표들은 분명 하얀빛을 만들어내고 있었다.

그러나 중반부, 드럼소리가 커지면서 하얀빛에 아주 옅은 회색 음영이 지고 있었다. 드럼이 흐트러지니 베이스와 다른 악기들까지 작게 틀어지는 것 같은 이상한 느낌이 들었다.

노래를 모두 듣고, 강윤은 고개를 갸웃했다.

"스튜디오에서 자세히 들어봐야 알겠지만…… 편곡할 때 소리 선택이나 마스터링이 잘 안 된 것 같네요. 이게 최종본은 아니죠?"

강윤의 물음에 뒷좌석에 앉은 희윤이 답했다.

"응. 마스터링은 한유가 하는 중이라고 했고, 편곡은…… 끝났다고 했어."

"그래? 이거 편곡 누가 한 거니?"

"소영이."

그 말에 강윤은 작게 한숨을 쉬며 고개를 흔들었다.

"……내일 불러서 이야기해야겠네. 알았어."

강윤은 곡에 대해 더 말을 하지는 않았지만, 이현지나 희윤이나 이 곡 자체로 앨범을 내기는 힘들 거라는 건 알 수 있었다.

분위기가 조금 무거워진 듯하자 희윤이 화제를 전환했다.

"이번에 문희 언니, 대박 조짐이 보인다고 했지?"

"대박이라……. 처음에 앨범을 3만 장밖에 안 찍어내는 바람에 판매량이 아직 높진 않아."

그때 이현지가 끼어들었다.

"강윤 씨는 팍팍하게 통계를 잡으니까 대박이라고 안 보는 거예요. 앨범 예약이 얼마나 됐는지를 말해줘야죠."

"앨범 예약량?"

희윤이 고개를 갸웃하자 이현지가 그윽한 미소로 답했다.

"첫 주만 20만 장이에요."

"……헐."

"신인가수에 엔카 가수가 이 정도면 대박 중에도 초대박이죠. 거기에 JAN하고의 갈등에도 불구하고 스케줄이 빡빡해지기 시작했다고 들었어요."

이현지의 말 대로였다.

인문희의 데뷔 이후, 그녀의 소문은 SNS를 타고 급속도로 퍼져나갔고, 공연 영상은 단번에 100만 조회 수를 넘어 200백만, 400만을 넘어 천만까지 바라보고 있었다.

노래가 워낙 좋으니 사람들은 앨범에 손을 뻗었고, 그것은 수익으로 이어졌다. 그게 겨우 3~4일 만에 이루어졌다.

여름의 막바지에 '유리' 돌풍이 불고 있었다.

"못해도 한 달 뒤에는 회사 자금이 빵빵해지겠네요."

풍부해질 자금을 생각하니 이현지의 얼굴에 화사하게 꽃이 피었다.

「저희 유리를 생각해 주시는 귀 협회의 마음은 감사하게 여기고 있습니다. 하지만 아직 부족한 면이 많아 귀 협회에 몸을 담기에는 역부족이라고 생각합니다. 다음 기회에 좋은 인연으로…….」

"제길!"

JAN의 협회장, 하루키 스바루는 A-Trust에서 온 메일을 보며 분노에 찬 소리를 질렀다.

"큰맘 먹고 손을 내밀었건만, 뭐? 몸을 담기에는 역부족? 하!"

표현을 공손하게 했을 뿐, 너희 협회에는 몸을 담지 않겠다는 말이었다.

"그 빌어먹을 백인 놈 말만 들었다가 이게 뭐야!"

그의 말만 따랐다가, JAN 입장에서는 손해가 이만저만이 아니었다.

만약 가수 유리가 JAN에 가입해 협회비를 납부하게 되었다면, 1주일 만에 앨범을 20만 장 넘게 판매하고 또 찍으면서 창출한 수익은 JAN을 살찌우고, 협회장의 공로로 돌아갔을 것이다.

하지만 이미 물 건너간 인연일 뿐.

그가 손을 부르르 떨고 있을 때, 핸드폰이 요란하게 울렸다. 회사의 중역에게서 온 전화였다.

—하, 하루키 씨. TV 좀 켜보시겠습니까?

"TV요? 무슨 일 있습니까?"

—지금 심각하니까 일단 보고 이야기합시다. 채널 43번입니다.

전화는 일방적으로 끊어졌다.

하루키 스바루는 투덜대며 TV를 켰다.

43번은 연예전문채널이었다. 방송에는 머리에 띠를 두른

한 무리의 가수들이 손에 대본을 들고 기자들 앞에서 크게 읽고 있었다.

 ─JAN의 협회장, 하루키 스바루는 일방적으로 JAN의 협회비를 3%에서 6%로 올렸습니다. 게다가 가능성 있는 신인을 한국에서 왔다는 이유만으로…….

 "……!!"

그에 대한 탄핵 기자회견이었다.

가수들은 한목소리로 협회비를 올린 하루키 스바루가 있는 JAN은 가능성이 없다며 탈퇴해서 새로운 엔카가수협회를 만들겠다고 선언했다.

뒷목을 잡을 만한 사태가 벌어지고 있었다.

 "저, 저……!"

더 봤다간 뒤로 넘어갈 것 같아 그는 TV를 꺼 버렸다.

그러나 그게 끝이 아니었다.

딩동.

핸드폰에 문자가 오는 소리가 울리자 그는 손을 떨며 화면을 넘겼다.

 ─우리 인연은 여기까지인 것 같군요. 우리 이야기는 없던 일로 하지요.

리처드에게서 온 문자였다.

불행이 한꺼번에 몰려온 것이다.

"아아아아악!"

협회장실에서 하루키 스바루의 비명소리가 거세게 울려 퍼졌다.

"……한심해."

핸드폰을 소파로 던져 버린 리처드는 어이가 없다는 듯 한숨을 내쉬었다.

그가 켜놓은 TV에는 일본 연예방송이 한창 흘러나오고 있었다.

-우리는 하루키 스바루 협회장의 전횡에 가만히 있을 수…….

TV를 끄며 리처드는 창밖으로 시선을 돌려 버렸다.

'유리 장? 자앙? 칫.'

그의 입에선 부드득하는 소리가 거칠게 흘러나왔다.

♪ ♫ ♪ ♪

강윤이 한국으로 돌아온 후, 첫 출근일.

그는 모든 소속 연예인들을 소집했다. 특별히 스케줄이 있지는 않았기에 스튜디오에는 인문희를 제외한 모두가 모여들었다.

"난 아직도 민진서 볼 때마다 적응이 안 돼."

"나도…… 우리 같은 연예인 맞지?"

정찬규와 김진대는 한쪽 구석에서 강기준과 함께 서 있는 민진서를 힐끔거리기에 바빴다. 곧 이차희에게 응징을 당하며 울상을 지었지만.

스튜디오에 모두가 모인 듯하자 강윤이 인문희가 데뷔한 일을 모두에게 간단히 이야기해 주었다.

일본에서 엄청난 성과를 거두고 있다는 이야기를 듣자 모두에게서 부러움과 의욕 어린 눈빛이 타오르기 시작했다.

"다들 오래 쉬기는 했지."

강윤은 달력으로 눈을 돌렸다.

어느새 8월의 막바지였다. 여름은 거의 다 흘렀고, 가을이 다가오고 있었다.

겨울부터 간단한 스케줄만 수행했던 에디오스부터, 행사만 주로 다녔던 김재훈과 김지민, 루나스에서 주로 살았던 하얀달빛까지.

새로운 앨범에 대한 열망에 불타고 있었다. 모두가 눈치 싸움을 하고 있을 때, 강윤이 이름을 호명했다.

"지민이, 한유, 소영이는 이따 나 좀 볼까?"

이름이 불린 사람들이 속으로 쾌재를 부르고, 다른 사람들은 아쉬움을 토로했다. 저 세 명이 곡을 만든다는 건 회사 내에선 모두가 잘 알고 있는 사실이었다.

"다른 사람들은 조금만 기다려줘. 아니면 작업한 곡을 들고 와도 괜찮으니까…… 앨범 계획들은 각자 오면 짜도록 하자. 질문."

오랜만에 하는 회의였지만 그리 길지는 않았다.

손을 드는 이가 없는 걸 확인하고 강윤은 회의를 끝냈다. 모두가 짐을 챙겨 밖으로 나갈 때, 민진서가 강윤에게 다가와 그의 손에 뭔가를 쥐어주었다.

「오늘 저녁식사 어때요? ^^」

여성스러운 필체로 쓴 쪽지였다.

강윤은 씨익 웃으며 고개를 끄덕였다.

민진서는 강윤의 손을 한번 꼭 쥐고는 밖으로 나갔다.

'귀엽다니까.'

그녀의 뒷모습에 괜히 설레는 감정을 느낄 때, 그의 팔을 가볍게 잡는 이가 있었다.

"선생님."

"아, 지민아."

"누굴 그렇게 보세요?"

김지민의 물음에 강윤은 아무렇지도 않은 얼굴로 고개를

흔들었다.

"나가는 걸 보고 있었지. 다들 왔구나. 앉아."

김지민과 서한유, 박소영이 긴장한 얼굴로 강윤과 마주앉았다.

"셋이서 작업하느라 고생 많았어. 마음 맞추는 게 쉬운 건아닌데, 작곡가, 편곡가, 프로듀서까지. 의욕적으로 곡 작업을 했다는 게 보기 좋네."

칭찬으로 시작했지만, 세 사람의 얼굴에는 긴장이 가시지 않았다. 본론이 나오지 않았기 때문이었다.

이윽고, 강윤은 곡에 대한 냉정한 평가를 시작했다.

"좋은 곡이지만…… 이대로 발매한다는 건 무리라고 생각해."

그 말에 세 사람은 동시에 진한 한숨을 내쉬었다.

특히 아쉬웠는지 서한유가 먼저 말을 꺼냈다.

"혹시 마스터링이 안 좋았나요?"

자신이 마스터링을 맡은 게 잘못되어서 그런 걸까? 그녀는 그래서 민폐를 끼친 건 아닌가 싶어 마음이 조마조마했다.

하지만 강윤은 고개를 흔들며 부정했다.

"그럼 마스터링부터 말해 볼까? 일단 소리를 조절하는 레벨링은 깔끔했어. 드럼부터 시작한 거 맞지?"

"네. 사장님이 그게 기본이라고 하셔서……."

"잘했어. 드럼과 베이스 레벨링이 정말 좋았거든. 하지만 어쿠스틱 기타의 레벨링이 약간 미묘했어. 공간감에 대해 할 말이 있는데, 소리가 10개나 나오는 것 같은데 위치가 모두 똑같았던 것 같아."

"……공간감이라는 게 너무 어려워서……."

서한유가 고개를 숙이자 강윤은 웃으며 말을 이어갔다.

"무대를 상상하면서 소리의 위치를 정하면 되는 거야. 한 군데서 소리가 다 나와 버리면 복잡해지잖아. 그걸 최소화하는 거지. 그리고 주파수. 여기서 할 말이 있어."

강윤은 컴퓨터 모니터를 켜서 한 그래프를 가리켰다.

"자, 8번과 9번이 이상하게 중복되는 주파수가 많지?"

"……그러네요."

"이런 건 깎아서 중복되지 않게 해주는 게 낫겠지?"

"……네."

서한유는 바로 납득할 수 있었다.

기본적이면서도 놓쳤던 것들을 그는 다시 지적한 것이다.

서한유에게 할 말을 끝낸 강윤은 김지민에게로 눈을 돌렸다.

"여기 코드가 FMajor7이네. 자, 이 곡의 키를 고려해 보면 다음에 뭐가 오는 게 나을까?"

"G7? F?"

"맞아. 자, 둘 다 연주해 볼까?"

강윤은 신디사이저로 자리를 옮겨 코드와 멜로디를 동시에 연주했다. 처음 악보대로의 코드로 연주하고 후에 G7, 이후에는 F로 바꿔 연주하고는 모두에게 의견을 물었다.

"전 G7이 나은 것 같아요."

"전 마지막 연주가 나은 것 같아요."

박소영은 G7, 서한유는 대번에 바뀐 코드를 가리켰다.

할 말이 없어진 김지민도 고개를 푹 숙여 버렸다.

그러자 강윤은 그녀의 등을 다독이며 말했다.

"차라리 멜로디 라인을 변경하는 것이 좋을 것 같아. 어렵게 갈 필요는 없는 곡이라고 생각하거든."

"……아아. 알겠습니다."

김지민까지 납득시킨 강윤은 이번에는 박소영에게로 눈을 돌렸다.

"소영아."

"네."

그러나 이전과는 다르게, 강윤은 상세한 설명을 하진 않았다. 그는 그녀의 어깨에 손을 얹으며 부드럽게 미소 지었다.

"믿는다."

다른 사람들에게 한 말과는 다른 짧은 한마디.

기대치 않았던, 그 말이 그녀의 가슴을 거세게 두드렸다.

'믿…… 어?'

김지민의 '명곡의 탄생' 출연 이후, 박소영은 다른 사람에 비해 좋은 성과는 보이지 못하고 있었다. 편곡이야 항상 하고 있었지만, 메인 작곡가 희윤이나 바쁜 와중에도 편곡을 손에 놓지 않는 강윤, 거기에 가수들도 하나둘씩 곡 작업에 뛰어들면서 그녀는 조금씩 소외감을 느끼고 있었다.

그런 그녀에게 지금 강윤의 한마디는 무척 힘이 되었다

"왜 그렇게 빤히 봐?"

"아니요, 아무것도……."

박소영은 얼굴을 붉힌 채 시선을 피했고 강윤은 고개를 갸 웃하며 할 말을 이어갔다.

"너희 셋 중 소영이가 곡에 대한 경험이 가장 많을 거야. 지민이나 한유는 소영이 말을 많이 참고하면 좋을 것 같아. 이래봬도 우리 공인 편곡가잖아. 그치?"

"네. 알겠어요."

가수들의 기싸움에 박소영이 힘을 잃지 않도록 사전에 손을 쓴 강윤은 가볍게 박수를 치며 이야기를 끝냈다.

"자자. 그럼 기대할게. 다음에 볼 때는 녹음까지 해버리자고."

"네."

김지민과 서한유가 먼저 스튜디오를 나가고, 박소영이 그

뒤를 따랐다.

그때, 그녀는 몸을 강윤 쪽으로 돌렸다.

"저……."

"왜? 더 할 말 있어?"

"……감사합니다."

그녀는 말을 마치자마자 부끄러운 듯 문을 닫고 뛰어가 버렸다.

"애들은 애들이야."

강윤은 컴퓨터를 끄고 그동안 밀린 일들을 처리하기 위해 사무실로 향했다.

사무실은 자판 치는 소리와 전화 소리로 분주했다.

이현지는 여느 때와 마찬가지로 어깨와 머리 사이로 전화를 끼어 받으며 일을 하고 있었고, 정혜진과 유정민도 매니저들에게 올라온 스케줄 처리를 비롯해 예산안들을 처리하느라 정신이 없었다.

강윤도 자연스럽게 자리로 돌아가 모니터를 켜고 일본에서 시시각각 올라오는 서류들을 검토하기 시작했다.

"이사……."

강윤은 논의할 것이 있어 이현지에게로 눈을 돌렸지만, 그녀는 여전히 일에서 손을 놓지 못하고 있었다. 다른 직원들도 보니 매우 분주하게 움직이고 있었다.

회의가 끝나자마자 지금까지, 모두가 엉덩이 한 번 떼지 않고 일에만 몰두하고 있었다.

'이대로 가면 다들 나가떨어질 거야. 사람이 필요해.'

앞으로 회사는 더 커질 텐데, 이 정도 인원으로 회사를 돌린다는 건……

더 볼 필요도 없다는 듯, 강윤은 전화통화를 갓 마친 이현지에게 다가갔다.

"이사님."

"네? 아, 사장님."

"잠깐 이야기 가능할까요?"

강윤이 손가락으로 위를 가리키자 이현지는 고개를 끄덕였다.

두 사람은 커피를 뽑아 들고 옥상으로 향했다.

"정말 정신없네요. 문희 씨가 일본에서 아주아주 잘해주고 있어요."

정신없는 와중에도 이현지는 뿌듯했는지 표정이 매우 밝았다. 열심히 준비해온 가수들이 자리를 잡는 모습을 보는 건 그녀에게도 큰 즐거움이었다.

강윤은 고개를 끄덕이며 용건을 이야기했다.

"다들 열심히 해주고 있으니 앞으로는 더더욱 잘 될 겁니다. 그 이전에 사무실 식구들을 늘리는 게 어떨까요?"

"아."

이현지는 저도 모르게 손뼉을 쳤다.

강윤이 없을 때, 그녀가 계속 생각했던 것이었기 때문이다.

"저도 생각하고 있었는데…… 사실 일하는 게 즐겁기는 한데, 양이 만만치 않거든요."

"게다가 앞으로 더더욱 많아질 테니 반드시 채용해야 한다고 생각합니다. 파인스톡과 하는 프로젝트도 그렇고, 일본에서의 일이 어느 정도 자리를 잡으면 중국시장 진출도 있으니."

"몇 명이나 필요할까요? 사람이 늘면 회사가 커진 게 실감이 나겠어요. 다들 좋아하겠네요."

"그렇게 돼야죠. 그리고 임원진과 직원들이 일하는 공간도 분리하는 방향으로 갔으면 합니다."

"여럿이 있는 것도 재미있는데……."

"사람들이 늘면 우리가 계속 옆에 있는 것에 직원들이 부담을 느낄 겁니다. 사람들이 늘어나면 우리가 피해 줘야죠."

"알겠어요."

"부탁드려요. 아, 이번에 문희 일본 프로젝트도 성공했으니, 모두에게 보너스도 두둑이 챙겨주세요."

"그럴 줄 알고 미리 준비하고 있었어요."

이현지는 개운한 듯, 기지개를 폈다.

모두가 열심히 일할 수 있는 원동력. 그것은 강윤이 회사의 이익을 독식하지 않는 것에 있었다. 최저급여도 보장받기 힘들어 업계를 떠나는 일이 다반사인 타 업계와는 완전히 다른 세상 이야기였다.

그 외에 두 사람은 앞으로의 계획을 비롯해 여러 가지 이야기를 나누고는 옥상을 내려왔다.

저녁이 되었다.

강윤은 유명인들이 출입한다는 여의도에 위치한 한 간판 없는 레스토랑으로 향했다.

"어서 오십시오."

간판조차 보이지 않는 허름한 문을 열고 안으로 들어가니, 화려한 레스토랑 내부가 강윤을 반겨주었다.

"민진서로 예약되어 있습니다."

"이쪽으로 오시지요."

강윤은 직원의 안내를 받아 안으로 들어갔다.

문을 열고, 커튼까지 젖히고 룸에 들어가니 흰 티에 청바지를 입은 민진서가 강윤을 맞아주었다.

"선생님."

"그래, 앉자."

빠르게 주문을 하고, 민진서는 얼굴에 턱을 괴고 강윤을 빤히 바라보았다.

"얼굴에 뭐 묻었어? 왜 그렇게 빤히 보니?"

"음? 그냥……."

"그냥?"

"……좋아서."

마지막 말은 매우 작았다.

그러나 강윤의 귀에는 똑똑히 박혀 들어왔다. 그는 민진서의 옆으로 자리를 옮겨 어깨에 팔을 둘렀고, 그녀는 강윤의 어깨에 머리를 기댔다.

"……좋다."

"우리 오랜만에 본다. 그치?"

"그러게요. 그래도 다행이야."

"다행?"

"……그냥…… 다요."

지금 이 순간이 좋다고 그녀는 굳이 말하지 않았다.

강윤도 그녀와의 이 순간이 소중했다.

"……선생님."

"진서야."

은은한 음악이 흐르는 가운데, 민진서의 입술이 강윤의 입가로 올라갔다.

그리고 두 사람의 입술이 포…….

"실례하겠습니다."

커튼 밖에서 직원의 소리가 들려왔다.

'윽······!'

강윤은 후다닥 소리를 내며 재빨리 자리로 돌아왔고, 민진서도 당황하는 기색을 감추며 자리를 수습했다.

"맛있게 드십시오."

직원은 주문한 음식들을 놓고는 정중히 고개를 숙이고는 밖으로 나갔다.

"······."

"······."

"하하하하하하!"

두 사람은 잠시 멍하니 마주보다가, 누가 먼저랄 것도 없이 웃음을 터뜨렸다.

"선생님도 참. 어차피 여기서는 새어 나갈 일이 없어요."

"그런 것 같네. 그래도 혹시 모르잖아. 조심하는 게 좋지."

"정말 괜찮은데······."

괜히 비싼 돈 들여가며 이런 레스토랑에 예약한 것이 아닌데······.

아쉬웠지만 한편으로는 그의 이런 세심함이 고마웠다.

오랜만에 만나서일까. 두 사람이 나눌 대화거리가 많았다.

민진서는 최근에 배우고 있는 다양한 활동들에 대해 이야기했고, 강윤은 그녀의 이야기에 귀를 기울였다.

그러다가 화제가 그녀를 담당하는 강기준 팀장에게로 돌아갔다.

"강 팀장님이 이민혜를 키운 사람이라고 했었죠?"

"맞아. 이곳에 오기 전 복잡한 사정이 있었지. 왜?"

"며칠 전에 기준 팀장님이 대본 하나를 들고 망설이는 모습을 봤었거든요."

"대본?"

처음 듣는 내용이었다.

얼마 전에 강기준에게 보고를 들을 때도 대본이 있다는 말은 들은 적이 없었다.

"팀장님 없을 때 몰래 봤거든요. '쉬운 사랑, 어려운 사랑'이라는 2부작 드라마였어요. 사랑을 쉽게 시작하는 여자와 깐깐하게 이것저것 따지며 어렵게 사랑하는 여자, 두 친구가 얽히는 이야기예요."

"단막극이네. 굳이 너한테 권할 이유가 없을 것 같은데."

민진서가 단막극에 출연한다?

그가 권할 이유가 없었다.

그러나 민진서가 이야기하고자 하는 의도는 다른 데에 있었다.

"거기 출연진을 보니까, 이민혜가 있었어요. 그래서 기준 팀장님이 그런 얼굴을 하고 있었던 모양이에요."

"맞아. 아, 그래서……."

강기준과 이민혜의 이야기는 이미 월드뿐만 아니라 연예계 전반에 걸쳐 유명했다.

강윤은 그가 왜 대본을 가지고 있었는지 납득할 수 있었다. 이민혜 때문에 그렇게 힘들어했던 강기준이라면 충분히 그럴 만 했으니까.

민진서는 잠시 망설이다 조심스럽게 강윤을 불렀다.

"……저, 선생님."

"왜 그러니? 잠깐. 진서 너, 설마……."

그녀의 의도를 알아챈 강윤의 눈이 화등잔만 해졌다.

그 드라마에 출연해 보고 싶다.

"기준 팀장이 아직 복귀할 때는 아니라고 하지 않았어?"

강윤이 걱정하며 이야기했지만, 그녀는 괜찮다는 듯 고개를 흔들었다.

"어차피 단막극이니까 촬영도 그리 오래 걸리진 않을 거예요. 요새 너무 쉬어서 감도 잃어가는 것 같은데, 조금씩은 움직여줘야죠."

"진서야. 이건 일이잖아. 대본 말고 다른 걸로 판단하는 것 같아서……."

"대본도 괜찮았어요."

강윤의 걱정을 일축하며, 그녀는 자기를 믿어달라는 듯 가슴을 폈다.

그러나 강윤은 차분한 어조로 답했다.

"진서야. 아무래도 이번 일은 기준 팀장과 상의하고 결정하는 것이 좋을 것 같아."

"선생님은…… 출연에 반대하세요?"

"그것보다 기준 팀장한테 맡겼으니까, 난 그쪽 의견을 따를 거야."

민진서는 아쉬움을 드러냈지만, 강윤에게 더 말하지는 않았다.

'나중에 기준 팀장을 불러서 이야기해 봐야겠어.'

강윤은 다시 포크와 나이프를 들고, 못다 한 식사를 해나갔다.

-너의 그 웃는 모습을 사랑했어~

한주연과 크리스티 안의 다른 음색이 천천히 잦아들며, MR도 천천히 잦아들었다.

그녀들은 마이크를 내려놓으며 자리에 앉았다.

"네, 에디오스의 주연 씨와 리스 씨의 노래, '스마일' 잘 들었습니다."

지금은 라디오 생방송 중이었다.

게스트로 출연해 그녀들은 노래 실력과 입담을 뽐내고 있었다.

10대와 20대들이 주로 청취하는 방송이라 공부 이야기와 연애 이야기들이 주를 이루었고, 그녀들은 특히 연애 이야기에 관심을 많이 보였다.

한참 라디오가 진행되고 있는데, 그녀들에게 질문이 날아들었다.

남자 사회자는 모니터를 보며 질문을 읽어주었다.

"'지금 이 시간, 다른 에디오스 멤버들은 뭐하는지 궁금해요' 라고 mlb123님이 질문을 주셨네요. 지금이 저녁 9시를 지나고 있네요. 에디오스는 지금 뭐하고 있을까요?"

한주연이 웃으며 말했다.

"민아는 지금쯤 한참 연습을 하고 있겠고, 제니는 설거지 하면서 투덜투덜하고 있을 시간이네요."

"제니 씨가 설거지 담당인가요?"

사회자의 물음에 크리스티 안이 답했다.

"부엌에 뭐가 쌓여 있는 꼴을 못 봐요. 그래서 자연스럽게 그렇게 되었어요."

"그걸 주로 이용해 먹는 멤버가……."

한주연이 손가락으로 크리스티 안을 가리키자 바로 반박이 날아왔다.

"피장파장이세요, 동료님."

"어어? 흠흠."

폭소가 이어지는 가운데, 한주연은 말을 이어갔다.

"릴리도 연습 갔을까요? 그리고 서유는 작업하고 있을 거예요."

"작업이요? 곡 작업인가요?"

대수롭지 않게 한 말에 사회자의 눈에 이채가 돋았고, 채팅창의 스크롤이 마구 내려가기 시작했다.

"아, 네. 요새 프로듀싱을 배워서 직접 작업 중인데…… 그거 때문에 방에서도 나오지 않고 있어요."

"오, 이거 최초 공개인가요?"

그때, 크리스티 안이 눈이 휘둥그레져서 한주연의 옆구리를 찔렀다. 그제야 자신의 실수를 눈치 챈 한주연이 아차 싶어 입을 닫았지만…….

"이거이거, 에디오스 새 앨범이 나오는 건가요? 서유 양이 프로듀싱한?"

그녀의 방송에서의 말 한 마디가 엉뚱한 소문을 만들어내고 말았다.

"……죄송합니다."

라디오 스케줄이 끝나고, 집에도 가지 못하고 한주연은 바로 월드엔터테인먼트로 뛰어와 강윤에게 고개부터 숙였다.

퇴근을 위해 주차장까지 내려갔다가 다시 올라온 이현지는 짧게 한숨을 쉬었다.

"……초짜도 아니고, 그런 말을 흘리면 어떡해."

"죄송합니다, 죄송……."

크리스티 안마저 집에 가지 못하고, 사무실에서 죄인처럼 고개를 숙인 상황이었다.

[주연, 에디오스 앨범 제작 정보 유출?]

[프로듀서는 서유? 에디오스 앨범 나온다?]

[1년 만의 날갯짓? 에디오스 앨범 극비리 제작 중?]

강윤은 인터넷을 도배한 추측성 기사들을 보며 피식피식 웃고 있었다.

"사장님?"

"이거 재미있네요. 소문이 계속 만들어지는군요."

"그래서 말이 무서운 거죠."

두 사람의 대화를 들으며 한주연의 고개는 더더욱 깊이 숙여졌다.

지난번 두창수와의 스캔들도 그렇고 이번에도 사고를 치다니. 트러블 메이커가 된 것 같았다.

인터넷 기사들을 다 본 강윤이 자리에서 일어나 한주연과 크리스티 안에게 다가왔다.

"이번 일은 오해에서 비롯된 일이야. 그렇지?"

"······."

"그리고 앞으로 앨범이나 콘서트 관련 이야기를 해야 할 것 같으면 매니저나 다른 사람들에게 꼭 물어보도록 해."

"······네. 죄송합니다."

강윤은 짧게 한숨을 쉬었다.

"네 말 한마디의 위력이 크다는 걸 알았지?"

"······네."

"숙소에 가서 근신하고 있어. 수습은 여기서 할 테니까 너무 걱정하지 말고."

강윤은 한주연과 크리스티 안을 돌려보냈다.

이현지가 기사를 보며 강윤에게 말했다.

"뭐, 이런 일도 없으면 엔터테인먼트사라고 할 수 없죠. 주연이는 안 그렇게 생겨서 은근히 폭탄이네요."

"하하하. 맞네요, 폭탄. 그럼 이 사태를 어떻게 수습을 할까요."

"며칠 지나면 가라앉지 않을까요? 큰 사고를 친 건 아니니까……."

"그렇기야 하지만 양치기 소년이 될 수도 있잖습니까. 그럴 바에야 기왕 이렇게 된 거……."

강윤은 잠시 생각하다가 입가에 미소를 드리웠다.

"에디오스 앨범, 제대로 준비해 볼까요? 지민이 곡 끝난 다음에."

이현지도 강윤과 같은 의견이었는지 고개를 끄덕였다.

"설마, 주연이가 노리고 한 말은 아니겠죠?"

일부러 그런 말을 흘린 건 아닐지, 이현지는 공연한 의심을 흘렸다.

하지만 강윤은 고개를 흔들며 부정했다.

"일부러 그럴 녀석은 아니잖습니까. 흔한 몰아가기에 따른 해프닝이죠."

"그렇긴 하지만…… 괜히 끌려가는 느낌이 드네요. 사장님이야말로 괜찮겠어요? 에디오스 앨범이면 작업량이 만만치 않을 텐데."

인력 부족이 점점 현실로 다가오고 있었다.

에디오스 앨범 작업은 다른 가수들보다 손이 가는 작업이 많다. 안무, 가수 숫자, 쟈켓 등 모든 작업이 다른 가수들보다 훨씬 많다.

강윤이 고심하는 듯하자 이현지는 의견을 냈다.

"이참에 우리도 전속 프로듀서를 하나 채용하는 것이 어때요?"

"어지간한 실력의 프로듀서는 없느니만 못한데……."

강윤의 까다로움을 아는 이현지는 자기만 믿으라는 듯, 손을 들었다.

"이미 생각해 둔 사람이 있어요. 실력은 보장할게요."

"여러 가지를 준비하고 있었군요. 어떤 사람인가요?"

이현지는 자리에서 서류를 꺼내 강윤에게 보여주었다.

강윤은 익숙한 얼굴에 눈을 동그랗게 떴다.

"이 사람, 오지완 PD 아닙니까?"

서류에 적힌 사람은 MG엔터테인먼트의 핵심 프로듀서, 오지완 프로듀서였다.

핵심 가수들의 녹음을 비롯해 각종 작업을 하는 경험 많은 PD라 아쉬울 것이 없는 사람이었다. 그런 사람이 월드로 넘어온다?

강윤은 고개를 흔들었다.

"오지완 PD는 원진문 회장 때부터 계속 자리를 지키고 있던 최고 프로듀서로 알고 있습니다. MG에서 최고의 대우를 해줄 텐데 여기로 올 이유가 있을까요?"

"아니요. 올 거예요."

이현지는 강윤의 의문을 차근차근 풀어주었다.

"오지완 PD는 사장님과 기질이 비슷해요. 가수와 노래. 이 두 가지만 보는 사람이죠. 원진문 회장은 그의 이런 면을 이용할 줄 알았지만, 이사들은 그를 이용하기보다 벽으로 여겼죠. 자기들 색깔에 맞지 않는 곡을 만드느니, 없는 게 낫다고 생각하는 사람도 있으니까요. 덕분에 이제는 다른 프로듀서를 키우고 있어요."

"실력이 아니라 파벌에서 밀려나고 있다는 거군요."

"맞아요. 바보 같은 행동이죠."

강윤은 쓴웃음을 지었다.

"슬픈 일이군요. MG에서는 오지완 PD만큼 뛰어난 PD도 없었는데 말이죠."

"MG의 문제가 그거예요. 이사체제이다 보니 실력보다 파벌에 따라 자리가 왔다 갔다 하니…… 그래서 분위기가 어수선하죠."

"멍청한 사람들이군요. 알겠습니다. 일단 직접 만나보고 이야기하는 게 좋겠습니다."

"내일 저녁에 만나기로 했으니까, 같이 나가면 돼요."

이현지와 이야기를 마치고, 강윤은 세 여인이 기다리고 있는 스튜디오로 향했다.

세 여인은 조금은 초조한 눈으로 강윤에게 작업을 마친 곡을 내밀었다.

"······여기요."

강윤은 USB와 악보를 받아 들고는 컴퓨터에 꽂아 음악을 재생했다.

–낙엽진 가을날~ 우린 함께 걸었지~ 스무 살의 그날~

김지민의 목소리가 무반주로 흘러나왔다.

인트로가 사라지고, Verse 1로 노래가 시작된 것이다. 김지민 특유의 시원한 목소리가 뻗어 나오며 단번에 주변을 빨아들이는 듯했다.

'호오?'

어설픈 인트로를 과감히 제거한 것에 강윤은 놀랐다. 거기에 노래가 이어지며 이어 코러스에서 서한유의 목소리가 함께 흐르자 노래가 더더욱 두드러졌다.

음표들이 새하얀 빛을 만들며 사방을 환하게 밝혔다.

'녹음할 때는 하얀달빛 애들한테 라이브로 악기소리를 따 달라고 하는 게 낫겠어.'

노래를 끝까지 다 듣고, 강윤은 떨고 있는 여인들에게로 시선을 돌렸다.

"어, 어떤가요?"

대표로 박소영이 묻자 강윤은 차분히 답했다.

"확실히 나아졌네. 인트로를 제거할 생각은 누가 한 거야?"

그 말에 김지민과 서한유가 박소영을 돌아보았다.

강윤은 박소영을 바라보며 말했다.

"바로 Verse(노래가 시작되는 부분)가 나온 게 훨씬 나은 것 같아. 한유 목소리로 코러스를 넣은 부분도 좋았고."

"이상한 곳은 없었어요?"

김지민이 묻자 강윤은 웃으며 답했다.

"듣기 좋았어. 그래도 이번에는 딜레이나 공간감 등은 정말 잘했어. 이 소리들이 내 취향이 아니라서 이렇게 말한 걸수도 있는 거니까……."

"그래도……."

편곡을 담당했던 박소영이 고개를 깊이 떨어뜨렸다.

그런 박소영을 보며 강윤은 문득 다른 생각을 떠올렸다.

'다른 PD들은 어떤 반응을 보였을까? 난 좀 더 어쿠스틱한 소리가 낫다고 판단했지만, 다른 PD들은 다른 게 낫다고할 수도 있어. 흠…… 내일 만나면 한번 물어봐야겠다.'

울상을 짓는 박소영을 보며 강윤은 오지완 프로듀서를 떠올리고 있었다.

다음 날 저녁.

강윤은 이현지와 함께 오지완 프로듀서와의 약속 장소인 강남의 한 술집으로 향했다.

유명인들이 드나드는 술집이 아닌지라 직원을 비롯한 몇몇 사람들은 강윤을 알아보고 수군대기도 했지만, 그는 아랑곳 않고 예약한 룸 안으로 들어갔다.

오지완 프로듀서는 미리 도착해 있었다.

"오랜만입니다, 팀장님. 아니, 이젠 사장님이시군요. 하하하."

오지완 프로듀서는 오랜만에 만나는 강윤이 반가웠는지 활짝 웃었다. 강윤도 그와 손을 잡으며 기쁨을 표했다.

사케를 비롯해 술과 메뉴를 주문하고, 이현지는 가볍게 이야기를 시작했다.

"요새 트위스텔이 핫하죠? 두 번이나 처참하게 실패했다가 이번에는 흥행에 성공했더군요."

"네. 확실히 벗으면 뜨기는 뜨는 것 같습니다."

GNB 엔터테인먼트의 6인조 남성 그룹 트위스텔.

처음에는 미소년 컨셉에 화려함을 더했다가 차별성이 없어서 처참한 실패를 경험했다.

하지만 지금은 몸을 키워 이른바, '짐승남'이라는 말을 만들어내며 큰 성공을 거두었다. 노출의 계절, 여름이라는 특수성까지 겹쳐 흥행효과는 배가 되었다.

"맞네요. 트위스텔의 주 팬층이 20대 후반에서 30대의 여자들이니…… 경제력도 되는 여자들이잖아요."

"맞습니다. 앨범도 많이 사주고, 회사 입장에서는 돈이 되겠죠."

"그 트위스텔에게서 작업 제의가 들어온다면 PD님은 어떻게 할 건가요?"

가볍게 떠보면서, 그의 가치관을 살펴보는 말이기도 했다.

강윤도 조용히 술잔을 기울이며 귀를 열어두었다.

오지완 프로듀서는 단호한 어조로 답했다.

"트위스텔은 멋진 남자들이죠. 하지만 저와 작업 스타일이 맞지는 않을 것 같네요."

"그래요? 왜죠?"

"트위스텔은 노래보다 퍼포먼스에 치중한 그룹입니다. 지금까지 방송에서 라이브 무대를 선보인 적이 없죠. 극단적으로 말하면 라이브를 버리고 퍼포먼스에 모든 것을 바친 가수들입니다. 결국 녹음할 때 기계음을 많이 넣어야 한다는 이야기인데, 전 최대한 가수 그대로의 목소리가 좋습니다. 같이 작업하면 머리가 아파올 것 같습니다."

"주아 같은 경우는 어때요? 주아도 퍼포먼스 하면 최고잖아요."

"에이, 아닙니다. 주아는 퍼포먼스와 노래, 어느 것 하나

소홀하지 않잖습니까. 주아도 자기 목소리에 기계음이 들어가는 걸 그리 좋아하지 않아요. 자기 목소리에 자신이 있는 거죠."

그때, 조용히 듣고 있던 강윤이 끼어들었다.

"기계음이 나쁜 것은 아니잖습니까."

"물론이죠. 부족한 점을 보완해주고, 목소리로는 낼 수 없는 효과를 내주는 등 여러 가지 효과가 있습니다. 하지만 문제는 과했을 때입니다."

"MG에서는 기계음을 그리 선호하지 않는 걸로 압니다만."

"원래 그랬습니다. 가수 본연의 목소리를 더 강조하고, 그걸 살리는 분위기였죠. 하지만 최근 트렌드가 점점 달라지고 있습니다."

오지완 프로듀서는 처연한 목소리로 말을 이어갔다.

"사실, 목소리를 만드는 데는 오랜 시간이 걸립니다. 연습생들이 5년, 6년 간 연습생으로만 머무는 것에도 다 이유가 있는 것이죠. 하지만 근 1년 전부터 회사에서 연습생들을 줄여가면서 이런 인재들이 사라지고 있습니다. 최근에 데뷔한 가수들은 기계의 도움을 받지 않으면 앨범을 만들기도 힘들 지경이 되었죠."

"……허. 건물을 짓느라 연습생을 훈련시킬 돈도 모자라는 모양이군요."

강윤은 혀를 찼다.

오지완 프로듀서는 입술을 깨물다가 고개를 흔들었다.

"……더 말을 하면 안 될 것 같습니다. 아무래도 제가 큰 실례를 한 것 같네요. 이강윤 팀장님. 아니, 사장님. 오랜만에 봐서 기쁜데 이렇게 실례되는 이야기를 해서 죄송합니다."

"아닙니다. 후우. 저도 씁쓸하네요."

강윤은 잔을 들었고, 이현지와 오지완 프로듀서도 그와 잔을 부딪쳤다.

술자리의 분위기가 천천히 무르익었다.

오지완 프로듀서의 얼굴이 조금씩 붉게 달아올랐지만, 그는 더 이상 회사 이야기는 하지 않았다. 강윤도 굳이 캐묻지 않고, 가요계 이야기를 하며 여러 가지 의견을 구할 뿐이었다.

시간이 흘러 날이 바뀌었다.

계산을 마치고 세 사람은 거리로 나갔다.

오지완 프로듀서는 취기가 많이 올랐는지 머리를 잡으며 강윤의 손을 잡았다.

"……크으. 취한다. 티임장님. 오늘 즐거웠습니다."

"다음에 또 보지요."

"……."

오지완 프로듀서는 강윤을 그윽이 바라보았다.

"흐흐. 사실은 하고 싶은 말씀이 있어서 부르신 것, 아니었습니까?"

"하고 싶은 말?"

"……저도오. 눈치란 게 있습니다. 하하. 팀장니임. 저, 월드. 좋아합니다."

취기가 올라서 그런 걸까?

오지완 프로듀서는 풀린 눈을 아래로 내리며 헤실거렸다.

"요새에, 이 업계에, 있으은 사람들은…… 누구나아 월드 이야기를 합니다아. 연습생에겐 성공으로 가느은, 유토피아아. 가수들에게엔, 신세계에. 그리고 프로듀서에겐……."

"취했습니다, 오 PD."

강윤이 오지완 프로듀서를 부축하자, 그는 쿡쿡 웃으며 말을 이어갔다.

"뉴 월드. 하하하. 하지만 전……."

그는 말을 끝내지도 못하고, 그대로 잠들고 말았다.

이현지는 눈을 껌뻑였다.

"마음고생이 심했나 보네요."

"그러게 말입니다. 오 PD 집 알고 계십니까?"

"아니요. 어쩌지……."

"일단 저희 집에서 재우겠습니다. 할 수 없죠."

강윤은 택시를 타고 오지완 프로듀서와 집으로 돌아갔다.

다음 날.

"으⋯⋯."

눈을 뜨니 처음 보는 천장이 눈에 들어왔다.

오지완 프로듀서는 놀라 이불을 걷고 자리에서 벌떡 일어났다.

"여, 여기는⋯⋯?!"

방은 가정집 같은데, 둘러보니 웬 스피커들이 사방에 설치되어 있고, 방음벽에⋯⋯ 이상한 곳이었다.

그는 놀라 방문을 열고 밖으로 나왔다.

"⋯⋯!!"

"⋯⋯!!"

그런데 웬걸.

거실에는 런닝과 트레이닝복을 입은 남자가 입에 빵을 물고 돌아다니고 있었다.

문제는 그 남자가 TV에도 나오는 유명인이었다는 것.

"기, 김재훈?"

"누구세요?"

김재훈은 김재훈 대로 난데없는 이방인의 등장에 눈을 껌뻑였다.

그때, 머리를 감았는지 목에 수건을 두른 강윤이 욕실 문을 열었다.

"재훈아. 손님이야. PD님. 일어나셨어요?"

"사, 사장님. 이게 어떻게 된……."

강윤은 얼떨떨해하는 오지완 프로듀서에게 어젯밤의 자초
지종을 설명했다. 그제야 그는 큰 실례를 저지른 것을 알고
얼굴이 새빨갛게 달아올랐다.

"죄, 죄송합니다. 빨리 가……."

그는 씻지도 않고 짐을 챙기려고 했는데, 부엌에서 여자의
목소리가 들려왔다.

"오빠! 밥 먹어. 다들 식사하세요!"

이번에는 여자 목소리까지!

당황하는 오지완 프로듀서에게 강윤은 웃으며 손가락으로
부엌을 가리켰다.

"해장은 하셔야죠."

"그래도 이건……."

"괜찮습니다."

오지완 프로듀서는 얼떨떨한 얼굴로 부엌으로 들어갔다.

그런데…….

"으억!"

그는 외마디 비명을 지르고 말았다.

앞치마를 두르고 콩나물국을 끓이고 있는 여인, 그녀는 다
름 아닌 천재 작곡가라는 뮤즈의 희윤이었다. MG엔터테인

먼트의 최고 프로듀서인 그가 작곡팀 뮤즈의 희윤을 모를 리 없었다.

"PD님?"

"자, 작곡가 뮤즈 아닙니까?"

"……저도 뮤즈입니다만."

"그, 그건 그렇지만……."

희윤은 고개를 갸웃하며 오지완 프로듀서에게 콩나물국을 가져다주었다.

"오빠 손님이시죠? 차린 건 별로 없지만 맛있게 드세요."

"네…… 네."

그는 잠시 멍한 얼굴로 있다가 힘겹게 콩나물국을 들었다.

시원하게 넘어가는 콩나물국은 환상적이었다.

'맛있어……!'

모처럼 먹는 아침밥은 속을 따뜻하게 해주는 듯했다.

유명 작곡가에게 얻어먹는 아침이라니. 신선하기까지 했다.

식사 중에 희윤이 물었다.

"오빠, 소영이가 만든 곡 어때? 괜찮았어?"

"나쁘지 않았어. 앨범으로 내도 반응은 나쁘지 않을 것 같았어."

"그래? 그럼 곧 녹음해야겠네?"

"그래야지. 그런데 걱정이야. 파인스톡 일도 있고…… 시간을 내기가……."

그때, 오지완 프로듀서가 끼어들었다.

"저…… 실례가 안 된다면 작업하시는 거 구경 가도 되겠습니까?"

"네?"

강윤의 눈이 휘둥그레졌다.

"요새 회사에서 일이 없어서…… 공부도 좀 할 겸 말입니다. 실례가 된다면 거절하셔도 괜찮습니다."

"아닙니다. 실례라니요. PD님이 조언도 해주시겠죠. 하하하."

강윤이 너무도 쿨하게 수락하자, 오히려 오지완 프로듀서는 민망해졌다.

"감사합니다. 폐가 되지 않게 하겠습니다."

식사를 마치고, 강윤과 오지완 프로듀서는 회사로 출근했다.

얼마 지나지 않아 박소영과 김지민, 그리고 서한유가 스튜디오로 왔다. 서한유는 오랜만에 오지완 프로듀서를 만나 반가워했고, 박소영과 김지민은 그가 유명 프로듀서라는 말에 긴장했다.

하지만 노래로 토론을 시작하자 그런 긴장은 곧 온데간데없이 사라져 버렸다.

"소영아. 이 부분, Verse2에서 V203을 쓴 거지?"

"네. 코러스와 같이 터져줬으니까, 다시 잔잔하게 분위기를 고조시키고 싶었거든요."

"그래? 지민아. 네 생각은 어때? 잔잔해지니 괜찮았어?"

"괜찮기는 한데, 조금 끊어지는 것 같기도 했어요."

세 여인은 강윤과 곡에 대한 이야기로 꽃을 피웠다.

'⋯⋯허.'

오지완 프로듀서에겐 신선한 충격이었다.

사장과 가수들이 곡으로 토론을 나눈다?

원래 가수기획사로서는 자연스러운 모습이었지만 아이돌 가수 일색인 요즘 음반 시장에서는 많이 사라진 모습이기도 했다.

'그러고 보니, 강윤 팀장은 항상 가수의 생각을 들으려 했지. 그들이 최고의 기량을 보일 수 있도록. 팬들이 좋아하는 노래와 가수가 부르고 싶은 노래의 접점을 찾으려고 항상 노력했었어.'

월드엔터테인먼트 성장의 비결을 알 것 같았다.

"3번 베타 기타는 어떨까요? 그거 엄청 부드럽던데?"

"언니, 그거 너무 늘어져요. 차라리 다른 걸로⋯⋯."

"내 생각엔 4번 사운드 스트링이 좋을 것 같아요."

김지민부터 박소영, 서한유까지 약간의 소리 수정 때문에 강윤에게 자신의 의견을 피력하고 있었다.

그때였다.

"8번, Alpha Gilder를 써 봐요."

"······예?"

"아······."

저도 모르게 끼어 든 오지완 PD는 모두의 시선을 받고 저도 모르게 눈을 껌뻑였다.

그러나 이내 강윤은 피식 웃으며 말했다.

"일단, 8번부터 써볼까?"

"네."

강윤이 기계를 조작하고 소리를 재생하자 곧 독특하면서 매력적인 음색이 흘러나왔다.

"우와······."

박소영부터 김지민, 서한유까지.

모두의 눈이 휘둥그레졌다.

오지완 프로듀서는 이에 멈추지 않고 자리에서 일어나 강윤의 자리에 와서 소리 한 가지를 더 삽입했다.

"우와!"

매우 부드러운, 피아노와 기타를 섞어놓은 듯한 소리였다.

강윤도 더 강해진 빛을 보며 엄지손가락을 들었다.

"PD님, 최고입니다."

"감사합…… 아."

보기만 하려고 했는데, 저도 모르게 분위기에 휩쓸려 버렸다. 오지완 프로듀서가 자신의 멍청함을 탓하며 머리를 쥐어짤 때, 서한유가 그의 팔을 잡았다.

"PD님. 저희 좀 도와주세요. 사실 처음이라 어려워요."

"한유야."

부탁을 잘 하지 않는 서한유의 눈빛에 오지완 프로듀서는 당해낼 수가 없었다. 강윤은 자연스럽게 자리에서 일어났고, 오지완 프로듀서는 그의 자리를 대신해 앉았다.

"PD님, 완전 짱이에요."

"멋지세요. 우와…… 이런 소리들을 다 외우신 거예요?"

"어? 그, 그렇지……요? 아니, 그렇지?"

김지민과 어느새 마무리 작업에 본격적으로 뛰어든 오지완 프로듀서를 보며 강윤은 웃음을 참을 수 없었다.

강윤이 조용히 스튜디오를 나간 것도 모르고, 오지완 프로듀서와 세 여인은 작업 삼매경에 빠져 들어갔다.

3화
우리 PD가 사라졌어요

"뭐라? 힘들다?"

문광식 이사의 사무실.

잔뜩 일그러진 얼굴로 문광식 이사는 자신의 앞에서 고개를 숙이고 있는 헬로틴트의 리더, 장민지를 타박하고 있었다.

"쯧쯧. 겨우 이 정도 스케줄로 힘들다고 이야기해서야. 네 선배들은 이 정도 스케줄로는 찍소리도 안 했어."

"이사님. 지금 소인이나 인정이 몸이 안 좋아요. 이대로 가……."

"허허."

문광식 이사는 얼굴을 일그러뜨렸다.

"한창 활동하는 연예인이 그런 한심한 소리를 하고 있어?"

"이사님. 3개월 동안 벤에서 쪽잠만 자고 생활했어요. 숙소에서 제대로 잔 적이 손에 꼽을 정도예요. 민희는 생리까지 불규칙해졌어요. 저, 이런 말까지 하고 싶지 않은데……."

"그럼 하지 마."

문광식 이사의 매몰찬 말에 장민지는 말문이 막혀 버렸다. 그녀는 몇 번이나 힘들다고 어필하다가 결국 울상을 지으며 밖으로 나가야 했다.

문이 닫히자 문광식 이사는 한심한 듯, 고개를 흔들었다.

"활동하는 연예인이 그 정도도 못 견디고…… 쯧쯧. 애들이 말이야, 근성이 없어, 근성이."

그는 코웃음을 치고는 외투를 집어 들고 스튜디오로 향했다.

오늘은 7인조 남성그룹 ECTM의 프로젝트 앨범 녹음이 있는 날.

스튜디오에는 오늘 녹음에 참여할 ECTM멤버 3명과 제 2 프로듀서, 프레이가 한창 작업을 하고 있었다. 가수들과 프레이 프로듀서의 인사를 한 손으로 받으며, 문광식 이사는 주변을 둘러보았다.

"오 PD는 어디 간 겐가?"

앨범 작업이 있는 곳에는 항상 있던 남자가 보이질 않으니 궁금했다.

프레이 프로듀서는 눈을 가늘게 찢으며 답했다.

"아직 출근을 안 했습니다."

"출근을 안 해? 뭐, 할 일도 없는데 나와서 뭐하겠냐만."

"그렇지요?"

문광식 이사는 프레이 프로듀서의 어깨에 손을 올렸다.

"이번에 1 PD 달아야지. 언제까지 오 PD 뒤에 있을 거야? 잘해봐. 알겠나?"

"네! 기대에 부응하겠습니다."

프레이 프로듀서는 기계를 조작했고, 부스 안의 가수들도 목소리를 맞췄다.

'오 PD가 일은 더 뛰어나긴 하지만…… 말 안 듣는 골칫덩이보단, 말 잘 듣는 바보가 훨씬 낫지.'

프레이 프로듀서의 뒷모습을 보며, 문광식 이사는 입꼬리를 들어올렸다.

"소리가 너무 지저분해요."

서한유는 새롭게 삽입된 퍼커션 소리의 날카로움에 자기도 모르게 눈매를 일그러뜨렸다.

오지완 프로듀서는 소리의 파를 나타내는 그래프를 손가

락으로 가리키며 이유를 설명해주었다.

"초고역대를 컷하지 않아서 그런 거야."

"초고역대요?"

"여기를 제거해 볼까? 20khz 이상은 잘라 버리고……."

오지완 프로듀서가 기계를 조작하자 귀를 찢는 듯하던 퍼커션 소리가 점점 시원하게 뻗어나갔다.

서한유는 슈퍼맨을 보는 듯한 눈빛으로 오지완 프로듀서를 올려다보았다.

"……대단하세요."

"에이, 이 정도로 뭘."

20대, 한창때의 여인에게 존경 어린 시선을 받는 건 남자에겐 큰 즐거움. 오지완 프로듀서의 어깨가 절로 펴졌다.

뒤로 물러나 작업을 지켜보던 이현지와 강윤은 그들의 작업을 즐겁게 보고 있었다.

"벌써 적응한 것 같네요."

"빠르네요. 확실히 오 PD가 사교성도, 능력도 좋네요. 프로듀서는 커뮤니케이션 능력이 가장 중요하다고 생각하는데……."

"오 PD는 유한 사람이죠. 노래를 듣는 귀도 좋지만, 무엇보다 모두의 이야기를 수용할 줄 알아요."

이현지의 말이 끝나기가 무섭게, 김지민이 오지완 프로듀서에게 노래에 대한 의견을 주장하고 있었다.

"저, PD님. 보컬 말인데요."

"보컬? 원하는 목소리 타입이 있나 보구나."

이미 말까지 편하게 하는 사이가 된 오지완 프로듀서와 김지민 사이의 분위기는 화기애애했다.

"이번 노래 제목이 20이잖아요. 그런데 너무 몽글몽글한 것 같아서…… 숙녀같이 들려야 하는데 어리게만 들릴까 봐 걱정돼요."

"흠. 어쿠스틱한 분위기에서 20살의 상큼함, 어른스러움을 같이 어필하고 싶은 거지?"

"네. 그거예요."

오지완 프로듀서는 잠시 생각하더니 생각을 풀어 놓았다.

"그러면 녹음할 때, 창법을 바꾸는 게 좋겠어. 배에 힘을 주고 노래를 불러왔지?"

"네."

"이번 노래에는 두성으로 해보자. 모든 파트에 그러라는 건 아니고……."

오지완 프로듀서는 포인트를 짚어 주었다.

김지민은 어둠속에서 빛을 본 사람처럼 표정이 밝아졌다.

"알겠습니다!"

"또, 필요한 거 있어?"

박소영도 편곡에 대해 물으며 토론은 열기를 더해 갔다.

점심시간.

강윤은 모두와 함께 근처의 식당으로 향했다.

"잘 먹겠습니다."

벽에 월드엔터테인먼트 가수들의 사인이 가득 붙은 식당.

이미 주변 손님들은 김지민과 서한유를 보느라 정신이 없었다. 개중에는 강윤에게 눈을 힐끔거리는 이도 있었다.

오지완 프로듀서는 갈비탕을 먹으며 강윤에게 말했다.

"모처럼 일다운 일을 한 기분입니다."

"괜히 바쁘신 분 시간을 빼앗은 건 아닌지 모르겠습니다. 회사에도 가보셔야 할 텐데……."

강윤이 말끝을 흐리자 오지완 프로듀서는 고개를 흔들었다.

"……어차피 제가 없어도 잘 돌아갑니다. 후우."

그의 표정에는 쓸쓸함이 묻어났다.

그러자 서한유가 조심스럽게 물었다.

"PD님이 없는데 회사가 어떻게 돌아가요. MG 넘버원이잖아요."

"그렇게 말해주니 고마워."

오지완 프로듀서는 서한유에게 엷게 웃어주고는 말을 이어갔다.

"MG는 아시겠지만, 여러 인재들이 있습니다. 연습생, 가수, 작곡가 그리고 프로듀서까지. 여러 인재를 보유한 만큼 경쟁도 심하고, 그 경쟁에서 살아남기 위해서는 능력은 필수적이지요."

"그렇지요. 제가 알기로 MG에서는 PD님이 제일 신뢰가 갔었습니다."

"……하하. MG 최고의 기획팀장이었던 강윤 사장님이 그렇게 말씀해 주시니 감사할 뿐입니다. 사실 저도 제1 프로듀서라고 불리긴 했었지요. 하지만 이젠 허울뿐입니다."

"……무슨 일이 있었군요."

"지금부터 하는 말은 낙오자의 변명이라고 생각해 주십시오."

오지완 프로듀서는 씁쓸한 표정으로 물을 단번에 비워버렸다.

"강윤 팀장님이 나간 이후, 이사들은 자기들의 힘을 공고히 하기 위해 직원들의 자유로운 의사결정을 제한했습니다. 그 과정에서 프로듀서에게 주어졌던 권한들도 대폭 축소되고, 음악성이나 가수의 퀄리티가 확 떨어지는 결과를 낳았습니다."

"비전문가가 전문가를 조정하려는 꼴이군요."

"맞습니다. 부끄럽지만, 전 근 1년 간 앨범 제작에 나서지 못했습니다."

"……."

강윤은 씁쓸했다. 오지완 프로듀서같이 실력 있는 프로듀서가 날개를 펴지 못하다니.

조용히 듣고 있던 서한유가 거칠게 한 마디를 날렸다.

"그 대머리들이 자기들 입맛에 맞는 사람들만 쓰니까……
그 사람들은 항상 그랬어요."

속에 내재된 분노가 상당했는지, 서한유는 이를 갈았다.
박소영이 그녀의 등을 다독였고, 김지민은 손을 잡으며 그녀의 화를 진정시켰다.

강윤은 차분하게 오지완 프로듀서와 마주했다.

"……이런 말씀드리긴 그렇지만, 앞으로 어떻게 하실 생각이십니까?"

"솔직히 잘 모르겠습니다. MG에서 일을 하긴 쉽지 않겠지만…… 처음 자리 잡고 커온 곳이라 발을 떼기가 쉽지 않네요."

이미 상대에게서 마음이 사라졌어도 그의 짝사랑은 변함이 없었다.

하지만 일을 하고 싶다는 갈망도 함께했다.

……쉽게 결정하기 힘들었다.

그때, 서한유가 다시 입을 열었다.

"책에서 봤는데 남자는 자기를 알아주는 곳에 목숨을 건다고 했어요."

"한유야."

오지완 프로듀서의 표정에 당황하는 기색이 역력히 드러났다.

이미 모두가 수저를 놓았다.

강윤은 침묵했고, 서한유는 말을 이어갔다.

"PD님 같은 분이 MG에서 썩어야 할 이유가 있어요? 저, 오늘 PD님이랑 작업하면서 정말 즐거웠어요. PD님도 즐겁지 않았나요?"

"그건⋯⋯."

"자기를 속이지 마세요, PD님. 전 PD님과 작업을 하고 싶어요."

오지완 프로듀서는 눈을 감으며 입을 꾹 다물었다.

강윤은 아무 말도 하지 않았다.

가벼워야 할 점심시간이 한없이 무거워졌고, 이후 누구도 함부로 입을 열지 않았다.

일행이 다시 스튜디오로 돌아오니 하얀달빛과 희윤이 도착해 있었다. 이현아를 제외한 3명은 반주로 쓸 사운드 녹음을 위해 부스 안에 악기를 세팅해 놓고 일행을 기다리고 있었다.

"······아, 하얀달빛."

오지완 프로듀서도 하얀달빛은 잘 알고 있었다. OST, 공연으로 유명한 이들을 모를 리가 없었다.

그런데 그는 부스를 보며 다른 의미로 놀랐다.

"······강윤 사장님. 회사가 원래 이렇게 협력이 잘됩니까?"

김지민 한 사람의 앨범을 위해 세션들이 동원되고, 편곡가, 작곡가, 다른 그룹 멤버까지······.

MG에서는 꿈도 꾸지 못할 장면이었다. 협력이라면 기껏해야 피처링으로 목소리 삽입이 전부다.

그런데 모든 가수들이 한 가수를 위해 나설 수 있다니.

강윤은 어깨를 으쓱이며 답했다.

"한 식구잖습니까."

"······식구, 식구라."

오지완 프로듀서는 그 말을 몇 번이나 되뇌었다. 엔터테인먼트 회사에서 습관처럼 항상 하는 말들을 이들은 자연스럽게 행동으로 옮기고 있었다.

강윤은 스네어를 조이고 있는 김진대를 보며 마이크를 들었다.

"드럼 소리부터 녹음할 거니까 소리 맞추면 말해줘."

─네.

모두가 분주하게 움직일 때, 오지완 프로듀서가 강윤의 옆으로 다가와 속삭이듯 말했다.

"강윤 사장님."

"네, PD님."

"……이번 작업…… 제가 한손 거들어도 되겠습니까?"

강윤의 동공이 크게 커지자 그는 계속 속삭였다.

"돈은…… 괜찮습니다. 회사에 알려져도 상관없습니다. 이대로 가면 퇴물이 될게 뻔한데…… 부탁드립니다. 저, 아직 쓸 만합니다."

"PD님."

강윤은 고개를 끄덕이며 오지완 프로듀서의 등을 가볍게 밀었다. 승낙의 의미였다.

김진대는 강윤이 아닌 처음 보는 남자가 믹서 앞에 앉자 조금 놀란 눈치였지만, 강윤이 뒤에 있는 것을 보고 이내 안정을 되찾았다.

"오지완이라고 합니다. 반가워요."

-김진대입니다. 프로듀서님?

"네. 부족한 실력이지만 잘 부탁해요."

이윽고 악기들 세팅이 이루어지고, 오지완 프로듀서는 익숙하게 기계를 조작하며 녹음을 시작했다.

조금씩 낙엽이 지기 시작한 가을날.

가수 은하의 프로젝트 앨범, '스무 살'이 출시되었다.

케이블 음악방송 '뮤직 카운트'에서 컴백 스테이지를 가진 김지민은 이후 각종 방송사 음악 프로그램에 출연하며 화려하게 컴백했고, 그녀의 음원은 수직상승하며 불과 이틀 만에 1위를 하는 기염을 토했다.

다른 가수들도 내는 디지털 싱글이었지만, 이번 앨범은 에디오스의 막내, '서유'가 프로듀싱에 나서 더더욱 화제를 모았다.

에디오스 팬들은 스트리밍이 아닌 음원 다운로드에 나서며 은하의 음원 수입을 올려주기에 나섰다.

음원 수입 집계를 보며 이현지의 얼굴에는 웃음꽃이 피었다.

"한유가 신의 한수였네요."

서한유의 앨범 참여가 홍보에 긍정적으로 작용했고, 판매에도 좋은 영향을 미쳤다.

강윤도 전화를 끊으며 그녀의 말에 고개를 끄덕였다.

"그런 것 같습니다. 말도 많고 탈도 많았는데, 잘 끝나서 다행이네요."

"네. 방금 일본에서 온 전화죠? 문희 씨는 어떻다고 하나요?"

"문희야 여전하죠. 스케줄이 너무 많아서 잠도 못 잘 지경이라더군요."

강윤은 인문희의 컨디션이 걱정이라며 A-Trust에 스케줄을 줄여줄 것을 요청하는 메일을 보냈다.

이현지는 서류들을 쭉 검토하다가 의문이 드는 것이 있는지 강윤에게 물었다.

"사장님. 은하 앨범에 오 PD 이름을 넣은 거 말이죠. 과연 잘한 걸까요?"

"괜찮습니다. 자기 자식을 숨겨야 할 이유는 없지요."

"사장님."

이현지는 아미를 구기며 강윤을 바라보았다.

"제가 오 PD를 영입하자고 이야기는 했지만, 사전에 이런 트러블을 만들면 여론에 안 좋을 수 있어요."

"그럴 수도 있겠죠. 하지만 잠깐이라도 우리와 같이 일한 사람입니다. 필요하다면 지켜줘야죠."

"하아."

이현지는 짧게 한숨을 쉬더니 이내 고개를 흔들었다.

"하여간, 내 그럴 줄 알았어요. 준비해 놓은 건 있나요?"

"물론입니다. 메일로 보내놨습니다."

"역시."

강윤은 말만 앞서는 이는 아니었다.

이현지가 메일을 열어보니 강윤이 이미 비상시에 언론에 내놓을 보도 자료들이 전송되어 있었다.

"……어떻게 MG 애들은 한 치의 어긋남도 없이 움직이는 걸까요?"

포털 사이트의 엔터테인먼트 란에 나오는 기사를 보며 이현지는 코웃음을 쳤다.

[월드엔터테인먼트, MG 소속 프로듀서 사전에 빼갔다?]

[월드, 사전협의 없는 프로듀서 빼돌리기. MG, 업계 비매너 행위 바로잡겠다.]

강윤도 기사를 보며 어이가 없다는 듯 씨익 웃었다.

"전속 프로듀서라고 해도 업무 재량권이 있는 걸 알 텐데. 이사님. 그럼 부탁드립니다."

"알겠어요."

이현지는 강윤에게 자기만 믿으라며 엄지손가락을 들어 보였다.

"이사님. 지난번에 사원들 선발한다고 한 건 어떻게 돼가고 있습니까?"

강윤은 신입 선발로 화제를 돌렸다.

그러자 이현지는 깊은 한숨을 쉬며 아미를 구겼다.

"그게…… 잘 안 되네요. 이력서들은 많이 들어왔는데 마땅한 사람들이 없어서요."

"회사가 커져서 기준을 너무 높게 잡으신 것 아닙니까?"

강윤의 말에 이현지는 눈을 크게 뜨며 부정했다.

"스펙 같은 것보다 이 업계에 관심이 얼마나 있는지, 어떤 경험을 쌓아왔는지를 주로 보고 있어요. 그런데 이걸 기준으로 삼으니 뽑을 사람이 마땅치 않네요."

"혜진 씨나 정민 씨 채용했을 때처럼 유하게 가도 되지 않겠습니까."

"사장님."

이현지는 말도 안 된다며 펄쩍 뛰었다.

"그래도 업계에 관심은 있어야죠. 이제부터는 달라야 해요. 연습생 선발도 3단계로 까다롭게 진행하는데 사무실 문턱이 낮으면 형평성에 어긋나겠죠."

"……이사님 말이 맞네요. 제가 생각이 짧았습니다."

강윤은 바로 수긍했다.

이현지는 부족하다 싶으면 귀담아 들을 줄 아는 강윤의 이런 면이 마음에 들었다.

사람을 선발하는 일은 어려운 일이다. 강윤은 시간이 들어도 괜찮다며 이현지를 독려했다.

자리로 돌아가려다 강윤은 문득 뭔가가 떠올랐는지 그녀를 돌아보았다.

"이사님. 경력사원은 어떻습니까?"

"경력사원이요? 업계 사람이라면 오히려 좋지요. 혜진 씨나 정민 씨와도 손발 맞추는데 시간이 덜 들 테고, 저도 다른 일에 집중할 수 있을 테니까요. 하지만 함부로 다른 회사에서 사람을 빼오면 소문이 이상하게 날 수도 있어요."

"흠…… 여러모로 어렵군요."

이야기를 마치고, 강윤은 자리로 돌아가 일본에서 온 팩스를 들고는 일을 시작했다.

♩ ♪ ♩♪♩ ♪♩♪ ♪

가수 은하의 앨범은 MG엔터테인먼트에 큰 파장을 불러왔다. 전속 프로듀서가 타 회사 소속 가수, 그것도 적이나 다를 바 없는 회사 가수의 프로듀싱을 하다니. 그것도 당당히 앨범 크래딧에 이름까지 올리고 말이다.

'다른 가수들의 프로듀싱보다 소속 가수의 프로듀싱을 우선한다'는 조항 정도로 계약상 문제는 없었지만 사람들의 인식은 달랐다.

"오 PD님 이야기 들었어?"

"설마 은하 앨범 작업을 할 줄은 몰랐어."

"우와. 대놓고 이사들에게 반항을?"

회사 직원들은 모일 때마다 오지완 프로듀서의 이야기로 수군대기 일색이었다.

"오 PD님 이야기 들었어?"

"완전 대박대박! 그것도 월드라며?!"

"은하 앨범이래. 오 PD님이 쉽게 움직일 분이 아닌데……."

연습생들 사이에서도 화젯거리였다.

그런데 신기하게도 오지완 프로듀서에 대한 악평은 전혀 없었다.

"능력 있는 PD한테 일을 안 주니까 그렇지."

"월드가 사람 보는 눈이 있는 거지."

"거기 사장님이 대단한 거지. 사람 안 가리고 능력만 본다 니까?"

연습생들과 직원들 사이의 공통된 의견이었다.

하지만…….

쾅!

"오 PD. 이 기사 난 거, 어떻게 책임질 겁니까?"

이사실.

김진호 이사는 스포츠연예신문에 나온 기사를 펼쳐 보이

며 입술을 깨물었다.

"……."

"사람 그렇게 안 봤건만. 월드와 우리가 어떤 사이인지 알면서도 일을 한 겁니까?"

김진호 이사의 노기는 대단했다.

하지만 오지완 프로듀서는 침착하게 입을 열었다.

"제가 조항을 어긴 건 아니지 않습니까."

"……뭐라고요?"

"계약상 문제는 없는 걸로 압니다."

"하……!"

김진호 이사는 기가 찼다.

"계약? 지금 그걸 말하는 게 아니잖습니까. 언론에서 뭐라고 떠드는 줄 압니까? 우리가 일을 안 줘서 프로듀서가 직접일을 찾아 나섰다고 이야기해요. 이게 무슨 망신입니까."

"우리가 아니라, 이사님이 그렇게 이야기하셨겠지요."

"뭐라?!"

정곡을 찔린 김진호 이사의 눈에 불이 켜졌다.

하지만 오지완 프로듀서는 말을 멈추지 않았다.

"저도 바보는 아닙니다. 지난 1년간, 아무런 앨범 작업도 못하고 멀뚱멀뚱 있어야 했습니다. 후임들이 일을 더 잘해서? 물어볼까요? 아무나 붙잡고?"

"오 PD. 지금 무슨 말을 하고 싶은 겁니까."

"더 이상 참지 않겠다고 말하는 겁니다."

오지완 프로듀서는 품에서 하얀 봉투를 꺼내 그의 책상에 던지듯 놓았다.

다름 아닌 사표였다.

"……지금 뭐하자는 겁니까?"

"회사에 이만큼 했으면 의리는 지켰다고 생각합니다. 이번 달 안으로 그만두겠습니다."

"오 PD!"

김진호 이사가 고래고래 화를 냈지만, 오지완 프로듀서는 무시하고 이사실을 나와 버렸다.

"……퉤. 잘 먹고 잘 살아라."

바닥에 침까지 뱉으며 오지완 프로듀서는 MG엔터테인먼트에 대한 미련을 던져 버렸다.

아침 5시 40분.

요란한 알람과 함께 민진서는 눈을 비비며 일어났다. 그녀는 세면을 한 후 땀에도 지워지지 않는 화장을 했다.

"……진서야. 운동 가는데 화장도 하니?"

막 잠에서 깬 이현지가 의아하해며 묻자, 민진서는 대수롭지 않게 답했다.

"가끔 기분전환이 필요해서요."

"……넌 맨얼굴도 예뻐."

"고마워요, 언니. 그럼 다녀올게요."

후드로 얼굴을 감싼 그녀는 근처 한강으로 나가 러닝을 시작했다.

"후우, 후우……."

지워지지 않는 화장 덕에 땀이 보기 좋게 흘렀지만, 그녀의 화장은 지워지지 않았다. 아직은 날이 어두워서인지 사람들이 그리 눈에 띄지는 않았다.

시간이 얼마나 지났을까.

해가 조금씩 떠오를 때였다. 한참 둔치를 달리고 있는 그녀 옆에 후드를 푹 눌러 쓴 남자가 함께 달리기 시작했다.

큰 남자의 등장에 놀랄 법도 했지만, 민진서는 오히려 반색하며 웃었다.

"선생님."

"좋은 아침."

덩치 큰 남자. 그는 강윤이었다.

얼굴을 가린 두 남녀는 천천히 한강 둔치를 뛰었다.

"후, 헉헉……."

"선생님, 힘드세요?"

"아, 아니. 괘, 괜찮…… 헉."

하지만 강윤이 문제였다. 운동으로 다져진 그녀의 체력을 강윤이 따라가기란 쉽지 않았으니…….

그러나 힘들어 하면서도 강윤의 다리는 멈추지 않았다.

시작이 있으면 끝이 있는 법.

두 사람은 운동을 끝내고 공원에서 멀지 않은 골목에 위치한 찻집으로 향했다.

찻집 앞에서 강윤은 'CLOSE' 팻말이 적힌 문을 익숙하게 네 번 두드렸다.

그러자 한 남자가 문을 열어주었다.

"오, 강윤 사장. 어서 와요. 진서도 왔네. 어서 와."

"안녕하세요?"

문을 열어준 이는 이한서 이사였다.

평소에는 부인이, 시간이 날 때는 그가 운영을 하고 있었다. 퇴직 후에 찻집을 하려고 했지만, 이한서 이사는 큰 결심을 하고 찻집을 열었다.

아는 사람들 사이에서 현재 성업 중이었다.

이한서 이사는 2층 창가로 두 사람을 안내해 주었다.

"이곳에서 두 사람을 보니 정말 좋네요."

"아침마다 죄송합니다. 운동이 끝나고 갈 곳이 없어서……."

"아닙니다. 진서 같은 슈퍼스타와 갈 만한 곳이 흔하지 않겠죠."

이곳에 오기 위해 강윤은 며칠 전에 이야기를 해놓았다.

이한서 이사가 근사한 향이 도는 차를 내오자, 민진서는 눈을 감으며 향을 음미했다.

"……향이 좋아요."

창가에 비치는 햇살, 차.

그리고 강윤과 함께하는 시간.

민진서는 행복했다.

강윤도 차향을 음미하며 그녀와 눈을 맞췄다.

"공부는 잘하고 있어?"

"열심히 하고는 있는데…… 어려워요. 지난번 모의고사 성적이 영 아니어서……."

"성적 물어봐도 돼?"

"아니요!"

민진서가 고개를 세차게 흔들자 강윤은 크게 웃었다.

"하하하."

"……이번에 많이 떨어졌거든요. 진짜 수험생들 대단해요. 공부는 정말 힘든 거라는 걸 알겠어요."

"정 힘들면 대학은 연예인 전형으로 들어가도 되니까. 요새 대학들은 홍보 때문에 연예인들 많이 받잖아."

강윤의 말에 민진서는 고개를 흔들었다.

"선생님. 제 실력으로 가야죠."

"정석이 가장 어렵다는 건 알지?"

"네. 하지만 선생님도 그렇게 살고 있잖아요."

강윤은 엷게 웃었다.

그러자 민진서는 양손으로 감싼 찻잔을 내려놓으며 말을
이어갔다.

"저도 선생님하고 같은 방식으로 살 거예요. 공부든 연기
든 뭐든 구설수에 오르기 싫어요. 편법을 써서 올라가봐야
결국은 한계가 있다고, 선생님이 그러셨잖아요."

"그건 그렇지. 하지만 어려운 방법이야. 안 될 수도 있고."

"상관없어요. 내 방법은 내가 결정하는 거잖아요."

"멋지다, 우리 진서."

그러자 민진서는 탁자 위에서 강윤의 손을 가볍게 쥐었다.

"그 말 말고."

"응?"

"그…… 저…….."

그녀는 부끄러운지 조금 망설였다.

그러다가…….

"사, 사라…….."

"아."

그러나 강윤은 눈치채고는 장난스럽게 말했다.

"사랑스……."

"2층 창문을 좀 열어야겠네."

그때, 1층 계단을 오르는 소리와 함께 산통을 깨는 목소리가 들려왔다.

강윤은 후다닥 손을 치우고는 창가로 눈을 돌렸다.

곧 2층에 이한서 이사가 들어서며 창문을 하나하나 열기했다.

'아우……!'

민진서는 이한서 이사의 눈을 피하며 아쉬운 눈초리로 어깨를 늘어뜨렸다.

민진서와의 아침 데이트를 마치고 회사로 출근한 강윤은 메일을 열고는 업무를 시작했다.

10시쯤 됐을까.

일본에 있는 인문희에게서 전화가 걸려왔다.

─여기 팬 분들은 정말 얌전한 것 같아요. 사인해 달라는 말도 잘 하지 않는 것 같고.

"적극적으로 해주지 그랬어?"

─여기서도 그렇게 하라고 하더라고요. 그랬더니 팬들이 정말 좋아했어요. 요즘 너무 행복해요.

인문희의 목소리는 활기로 가득했다.

여러 행사와 방송 스케줄로 그녀의 일정은 빡빡하기 그지 없었다.

"네 몸이 우선이야. 알고 있지?"

─네. 걱정 마세요. 무슨 일 있으면 바로 연락드릴게요.

통화를 마치고, 강윤은 A-Trust에 보낼 공문을 작성했다. 빡빡한 스케줄을 조금 느슨하게 조절해 달라는 내용이었다.

공문을 작성해서 보내니 책상 앞에 이현지가 서 있었다.

"사장님. 잠시만요."

그녀는 손가락으로 옥상을 가리키며 먼저 사무실을 나 섰다.

강윤은 곧 그녀를 따라 옥상으로 향했다.

시원한 바람이 부는 옥상에서, 이현지는 짧게 한숨을 쉬며 말했다.

"오 PD가 MG를 그만뒀어요."

"흠…… 결국 그렇게 됐군요."

"이제 사장님 차례예요."

강윤은 웃으며 고개를 끄덕였다.

"알겠습니다."

"오늘 저녁이에요."

그날 저녁.

일대일로 만나는 것이 좋을 거라는 이현지의 말에 강윤은 약속을 잡은 강남의 한 술집으로 향했다.

오지완 프로듀서는 먼저 나와 강윤을 기다리고 있었다.

"안녕하십니까."

두 사람은 간단하게 인사를 하고 주문을 했다.

강윤은 칵테일을, 오지완 프로듀서는 독한 술을 주문했다.

주문한 술과 안주가 나오자 두 사람은 잔을 부딪치며 이야기를 시작했다.

"저희 때문에 불미스러운 일이 생겼다고 들었습니다. 미안합니다."

강윤이 침통한 얼굴로 고개를 숙이자, 오지완 프로듀서는 놀란 눈으로 손을 저었다.

"아닙니다. 강윤 팀장님 탓이 아니죠. 제가 이름을 올려달라고 해서 생긴 일이 아닙니까."

"그래도 제가 말렸어야 했습니다. 괜히 프로듀서님 직장까지…… 제 탓입니다."

"팀장님."

오지완 프로듀서는 얼굴을 굳히며 말을 이었다.

"프로듀서가 앨범을 제작하면서 가장 보람 있을 때가 언제인지 아십니까?"

"앨범 크레딧에 자기 이름이 올라갈 때 아니겠습니까."

"맞습니다. 내 발자취를 남긴다는 자부심이 느껴지는 순간이죠. 여기는 누구도 터치할 수 없는 제 영역입니다."

오지완 프로듀서는 뼛속까지 프로듀서였다.

작곡과 프로듀싱, 모든 걸 하는 강윤은 그의 마음을 이해할 수 있었다.

짧은 시간이었지만 잔은 금방 비었다.

독한 술 때문인지 오지완 프로듀서의 얼굴이 붉게 달아올랐다.

"천천히 마시지요."

"괜찮습니다. 오늘은…… 취하고 싶네요."

짧은 시간이었지만 분위기가 익어갔다.

강윤은 오지완 프로듀서의 잔을 채워주며 본론을 꺼냈다.

"앞으로 어떻게 하실 생각이십니까?"

"……잘 모르겠습니다. 홧김에 때려치우긴 했는데…… MG에서 이미 여기저기 손을 썼을 겁니다. 일하기 힘들게…… 에이. 복잡한 생각은 나중에 하렵니다."

"혹, 월드는 어떻습니까?"

"하하. 그럼 좋…… 네? 잠깐, 잠깐만요."

오지완 프로듀서는 술기운이 확 밀려나가는 것을 느꼈다.

강윤은 이때다 싶었는지 밀어붙였다.

"다른 건 몰라도 두 가지는 보장하겠습니다. 작업에 몰두할 수 있는 환경, 그리고 합당한 대가. 어디처럼 라인을 타며 일을 못하는 일은 죽어도 없을 겁니다."

오지완 프로듀서는 당혹감을 감추지 못했다.

월드?

갈 수 있다면 최고였다. 그곳에는 작업을 하고 싶어 하는 가수들부터 밀어주는 사장, 자금 등등.

프로듀서에겐 유토피아나 다름없었다.

오지완 프로듀서가 망설이는 듯하자, 강윤은 침중한 목소리로 말을 이어갔다.

"프로듀서님이 이렇게 되신 데는 저희 책임도 큽니다."

"사장님 책임이 아니라니까요."

그러나 강윤은 고개를 흔들었다.

"제가 크레딧에 프로듀서님 이름을 실으면 트러블이 난다는 걸 몰랐겠습니까. 하지만 전 최선을 다해 말리지 않았죠. 이건 명백히 제 책임입니다. 그 책임, 제가 지겠습니다."

"……."

"이런 이유도 있지만 사실은 PD님이 필요합니다. 하하하."

필요하다.

남자에게 가장 중요한 이유였다.

이미 술기운은 다 날아갔다. 아니, 더 이상 술맛이 나질 않았다.

오지완 프로듀서는 술잔을 내려놓았고 강윤도 조용히 그의 말을 기다렸다.

10분이 지나고, 20분. 그리고 30분이 지나도록 오지완 프로듀서는 말이 없었다.

그러나 강윤은 핸드폰도 꺼내지 않고 그의 말을 기다려 주었다.

이윽고.

"……알겠습니다."

오지완 프로듀서는 긴 침묵을 깼다.

"부족한 몸이지만 잘 부탁드립니다."

"그 결정, 후회하지 않게 하겠습니다."

강윤은 웃으며 오른손을 내밀었다. 오지완 프로듀서는 그의 손을 맞잡았다.

"잘 부탁드립니다. 아, 맞다. 혹시 직원들은 필요하지 않으십니까?"

"직원이요? 그렇잖아도 구인 중이었습니다만."

"그럴 것 같았습니다. 현지 사장님을 보니 항상 분주해 보여서 말이죠. 오지랖 같지만 괜찮다면 제가 아는 식구들도 같이 가도 되겠습니까? 능력은 보장하겠습니다."

"스튜디오와 사무실 둘 다입니까?"

"네. 4명 정도 됩니다. 스튜디오와 사무실. 전천후 인재들이죠. 제 가족 같은 이들입니다."

오지완 프로듀서는 함께 손발을 맞춰온 이들을 언급했다. 자신이 나가면 그들도 낙동강 오리알이 될 게 뻔했다. 인재 부족에 시달리고 있던 월드에겐 반가운 소식이었다.

"알겠습니다. 그럼 언제 볼 수 있을까요?"

"길게 끌 필요 있겠습니까. 지금 연락하겠습니다."

한 번에 두 가지 고민을 해결한 강윤의 얼굴에는 웃음꽃이 피었다.

♪ ♪ ♪ ♪ ♪ ♪ ♪

"양 비서. 세이스와의 협력안이 아직도 안 올라왔군요. 어떻게 된 건가요?"

김진호 이사가 비서를 호출해 이유를 묻자 양 비서라 불린 남자가 조심스럽게 답했다.

"그게…… 기획팀 인원이 갑자기 2명이나 사표를 내는 바람에……."

"뭐라? 그게 무슨 말인가요?"

기획팀이 무슨 이유로 사표를 낸단 말인가!

양 비서는 조근한 목소리로 이유를 말했다.

"지, 지난주에 오지완 프로듀서가 사표를 냈지 않습니까. 그때 기획팀 한 대리와 강 대리도 나란히 사직서를 제출했습니다."

"뭐어? 그런데 왜 나한텐 안 올라온 거죠?"

"문광식 이사님 통해서 제출했답니다."

"하? 그 양반이?"

문광식 이사의 쿨함이야 워낙 유명했다. 물론 앞에서만 쿨했다. 뒤에서는 취업도 안 되게 손을 써놓기로 악명이 높았지만.

"기획팀은 키우기도 힘든데. 그래도 할 수 없죠. 문 이사가 알아서 하겠지. 그럼 지난주 연습생 트레이닝 보고서는 어떻게 된 거죠?"

"그쪽도 지금 담당자가 없어서……."

"……설마 그쪽도?"

"……죄송합니다."

김진호 이사는 기가 막혔다. 아니, 답이 나왔다.

오지완 프로듀서를 따라 모두가 나가 버린 것이다.

"프로듀서 하나에 딸린 식구들이…… 하아. 아무튼 수습하려면 얼마나 걸리죠?"

"다른 프로듀서님들이 돕고 있습니다만, 두 가지 다 오 PD님 팀이 전문적으로 했던 일이라 시간이 꽤 걸릴 것 같습니다."

"……."

김진호 이사의 입술이 파르르 떨려왔다.

MG는 사람을 소홀히 했던 대가를 톡톡히 치르고 있었다.

4화

그녀의 수험생활

재수의 명가라고 불리는 대치동의 U스쿨.

대학이라는 꿈을 이루기 위해 오늘도 많은 학생들이 책상 위에 앉아 수업을 듣고 있었다.

"함수 $f(x)$는 x의 제곱을······."

찬바람이 불어오는 가을, 소매를 걷어붙이며 수학 선생님은 열정적으로 강의를 이어갔다. 학생들은 눈을 빛내며 공책과 머릿속에 수업내용을 담아갔다.

'그래서 x의 값이······.'

민진서도 여느 학생들과 마찬가지로 필기를 해가며 문제풀이에 여념이 없었다. 연기에만 바빴던 그녀에게 수학공부는 신세계였다.

그녀가 문제풀이에 진땀을 흘리고 있을 때였다.

"진서야."

그녀의 옆자리에 앉은 고양이 상의 여인이 그녀의 책상을 볼펜으로 두드렸다.

"왜?"

"여기 값이 이상한데…… 이거 어떻게 푸는 거야?"

"이건……."

민진서는 옆자리의 친구와 함께 문제를 풀어갔다.

그렇게 수업이 끝나고, 쉬는 시간이 되었다.

학생들은 삼삼오오 모여 수다를 떨며 수업 중 쌓인 스트레스를 풀었다.

여자들의 시선은 유독 눈에 띄는 두 여자에게로 향해 있었다.

"야야. 민진서 볼수록 장난 아니지 않냐? 완전 개쩔!"

"내 말이. 저런 미친 얼굴은 누가 만든 거야? 의느님?"

"그래도 의느님 손이 조금은 갔겠지? 아무 데도 안 했다는 건 말이 안 돼."

세 명 이상 모인 그룹에서는 민진서 이야기로 꽃이 피었다. 아니, 비단 여자들뿐만이 아니었다.

"미친놈아. 오늘 고백한다며!"

"제정신이냐? 민진서 팬클럽 숫자가 얼만데!"

"내 알 바냐. 남자가 칼을 뽑았으면 썰어야지."

"꺼져. 아무튼…… 진서느님은 여신이다, 여신! 어?! 방금 봤냐?! 민진서 방금 나 봤어, 나!"

"지랄한다. 븅신."

남자들은 민진서가 서로 자기를 봤다며 난리도 아니었다.

민진서와 함께 있던 여자는 가볍게 그녀의 팔을 잡으며 위로했다.

"……지겹지 않아?"

수업시간에 함께 문제를 풀던 짝이었다.

친구의 걱정에 민진서는 괜찮다며 웃어 보였다.

"항상 겪던 일이야."

"그래도 그렇지. 사람들 참…… 이곳에서는 어차피 다 같은 학생들인데. 진서야."

"응? 왜, 윤선아?"

여인, 지윤선은 주머니에서 열쇠를 꺼내 보여주었다.

"가자."

"그게 뭐야?"

"흐흐. 비밀의 문이지."

지인을 통해 특별히 얻어낸 옥상 열쇠였다.

지윤선은 민진서가 뭐라 말할 틈도 없이 그녀를 이끌고 옥상으로 갔다.

"쟨 뭐야? 민진서 매니저라도 돼?"

"내 말이. 여우같이 생긴 게."

화살은 이제 민진서가 아닌, 그녀 옆의 지윤선에게로 향했다.

그러거나 말거나, 두 사람은 옥상에서 자유를 만끽하고 있었다.

"후아, 시원하다."

민진서는 양팔을 펴며 마음껏 기지개를 폈다.

친구의 편안한 얼굴에 기뻐하며 지윤선은 난간에 팔을 걸쳤다.

"그 작고 뚱뚱한 매니저님이 원장님한테 받은 열쇠야. 자기는 학원에서 있을 수 없다고 나한테 열쇠를 맡겼어. 너 잘 부탁한다고."

민진서를 책임지는 강기준을 이르는 말이었다.

학원에서 상주할 수 없는 강기준이 친구인 그녀에게 대신 부탁한 것이다. 공부한답시고 여러 사람을 피곤하게 하는 것 같아 민진서는 미안해졌다.

"미안하게…… 나중에 식사라도 대접해야겠네."

두 사람이 옥상에서 잠시 쉬고 내려오니 수업이 다시 시작되었다.

학원 선생님들도 민진서를 특별 대우하는 일은 없었다.

명문학원인 것에는 다 이유가 있었다.

수업이 모두 끝나고 학원 앞.

민진서는 지윤선과 배웅 올 매니저를 기다렸다.

"태워다 줄게."

"진짜?"

민진서의 호의에 지윤선은 반색하며 감사를 표했다.

얼마 지나지 않아 학생들이 썰물같이 빠져나가고 있는 학원 앞에 승용차 한 대가 섰다.

"진서야. 타."

열린 창문을 통해 운전자를 본 민진서의 눈이 커다래졌다.

"선생님?!"

강기준일 거라 생각했는데 강윤이 온 것이다.

지윤선도 유명한 작곡가이자, 유명세를 타기 시작한 월드 엔터테인먼트의 사장인 그를 모를 리 없었다.

"선생님. 저……."

민진서가 지윤선과 함께 타도 괜찮은지 묻자 강윤은 손가락으로 뒷좌석을 가리켰다.

"고맙습니다."

지윤선이 민진서와 뒷좌석에 올라타자 차는 빠르게 학원을 벗어났다.

판교로 향하는 길.

지윤선은 강윤을 보며 눈을 반짝였다.

"시, 실제로 더 잘생기셨어요."

"고마워요."

강윤도 민진서가 친구라고 데리고 온 지윤선이라는 존재가 놀라울 따름이었다.

"진서가 친구를 데리고 온 게 처음이라서 놀랐어요. 학원에서 잘 적응할 수 있을까 걱정을 많이 했거든요."

"아아. 저도 처음엔 놀랐어요. 왜 저런 연예인이 재수 학원엘 다니지? 회사에서 잘렸나?"

"하하하하."

강윤은 직설적인 그녀의 말에 웃음을 터뜨렸다.

"아, 죄송해요. 제가 너무 경우가 없었죠?"

"아니, 아니에요. 재밌네요."

"말씀 편하게 하세요."

"그래도 될까요?"

차를 타고 가면서, 지윤선과 강윤은 빠르게 친해졌다. 민진서까지 대화에 가세하면서 세 사람은 학원에서의 일을 비롯해 여러 가지 화제로 대화를 나누었다.

그렇게 즐거운 시간을 보내다 보니 어느새 판교, 지윤선의 집 앞에 도착했다.

"감사합니다."

지윤선은 차에서 내리며 강윤에게 고개를 숙였다.

강윤은 손을 흔들며 말했다.

"조만간 밥 한번 먹자. 금방 연락할게."

"네? 저야…… 좋죠!"

지윤선이 집으로 들어가고, 강윤과 민진서가 탄 차는 회사로 향했다.

앞좌석으로 이동한 민진서는 강윤의 손을 잡으며 물었다.

"윤선이, 예쁘죠?"

"좋은 친구 같더라. 인상도 좋고."

민진서가 큰 눈을 몇 번이나 껌뻑이며 다시 물었지만 강윤은 다른 말은 하지 않았다.

"일단 네 친구니까. 우리한테도 중요한 사람이잖아. 어떤 사람인지 알아야지."

"……그렇군요."

"이제 과외 갈 시간이지?"

"으악."

민진서는 여느 학생들과 마찬가지로 머리를 꽉 잡으며 괴로워했다.

그녀를 바래다준 강윤은 다시 회사로 복귀했다.

스튜디오로 내려가 문을 여니 음악소리가 한창이었다.

－달콤하게 다가와 내 맘을 스르륵~ 난 어떻게 하라고~

한주연의 음표가 스튜디오를 메우는 사이에 오지완 프로듀서가 한창 믹서를 조작하고 있었다.

강윤은 조용히 그의 뒤에 다가가 작업하는 모습을 지켜보았다.

한 소절을 멈추고 한주연은 고개를 갸웃하며 물었다.

─한번만 더 해볼게요. 약간 텁텁하지 않았나요?

"에코를 조금만 넣어볼까?"

녹음이 다시 시작되었다. 오지완 프로듀서는 능숙하게 믹서를 조절하며 하얀빛을 더더욱 강하게 만들어갔다.

그와 함께 MG에서 이직한 스튜디오 사람들 또한 손발이 척척 들어맞고 있었다.

'역시. 믿고 맡겨도 되겠어.'

강윤은 만족했다.

부스 '안에서 한주연과 정민아도 편안하게 녹음에 임하고 있었다.

정민아가 강윤을 발견하고 손을 흔들자 그제야 오지완 프로듀서는 인기척을 알아채고는 의자를 뒤로 돌렸다.

"사장님. 어서 오……."

"하던 일 계속하세요. 방해하려고 온 거 아닙니다."

강윤은 일어나려는 오지완 프로듀서를 제지하고는 작업을 계속하게 했다. 오지완 프로듀서는 잠시 망설이다 알겠다며 다시 믹서로 손을 올렸다.

한참이 지나서야 두 소절 녹음이 끝나고, 정민아와 한주연이 밖으로 나왔다.

"사장님!"

한주연은 공손히 인사했고, 정민아는 오랜만에 보는 강윤이 반가웠는지 다가와 그의 손을 덥석 잡았다.

강윤은 가볍게 그녀의 손을 쥐었다가 놓고는 바로 오지완 프로듀서에게 눈을 돌렸다.

"작업은 잘되고 있습니까?"

"네. 시간은 조금 걸리지만 잘 진행되고 있습니다."

오지완 프로듀서는 강윤에게 녹음한 앨범들을 들려주었다.

모니터에 물결 모양의 파형이 나타나고, 스피커에서 각양각색의 음표들이 흘러나왔다.

강윤은 하얀빛들의 향연을 보며 턱에 손을 올렸다.

"일단 마스터링이 끝나야 알겠군요. 아직은 듣기 어색하네요."

"작업이 끝나고 한번 보시지요. 느낌 있는 작품이 나올 겁니다."

오지완 프로듀서가 장담하자 강윤은 고개를 끄덕이며 그의 팔을 가볍게 잡고는 돌아섰다.

맡긴다는 무언의 행동이었다.

강윤이 밖으로 나갈 때, 정민아가 따라서 함께 나왔다.

"아저씨."

강윤이 돌아서자 정민아가 눈웃음을 지으며 말했다.

"저기, 모레 저녁에 시간 되세요?"

"모레? 중요한 일 있어?"

"밥 어때요, 밥? 그때 즈음이면 녹음 끝날 것 같은데……."

그 말에 강윤은 웃으며 답했다.

"주연이랑 오 PD 님이랑 같이 회포 풀면 되겠네. 알았어.
연락할게."

말을 마치자마자 강윤은 사무실로 휙 올라가 버렸다.

그의 뒷모습을 보며 정민아는 얼굴을 가볍게 일그러뜨렸다.

"……눈치가 없는 거야?"

입술을 삐죽거리다 정민아는 다시 스튜디오로 들어갔다.

딩동댕동.

종이 울리자마자 지윤선은 강의실을 나와 화장실로 달려
갔다.

"나와, 나와!"

화장실 문을 쾅 소리를 내며 닫은 그녀는 변기 위에 앉고 서야 제정신이 들었다

생리현상을 해결하고 편안함을 느끼고 있는데, 물소리가 쪼르르 들리더니 여자들의 꺄르르 소리가 들려왔다.

"야야, 지윤선 그년 봤어?"

"민진서 옆에 딱 붙어 있는 년? 생긴 건 여우같이 생겨가지고. 진짜 따까리 같지 않냐?"

"따까리, 따까리. 그치? 민진서 옆에 있으니까 지가 뭐라도 되는 줄 알아. 그치그치?"

"그니까. 나 걔랑 동창이었다는 애들한테 들었는데, 그 학교 일진 애들한테 막……."

차마 듣지도 못할 말들이 난무하고 있었다.

'또 시작이구나…….'

지윤선의 얼굴이 분노로 달아오르기 시작했다. 한두 번이 아니었다. 여자들은 화장실에 모이기만 하면 약속이라도 한 듯, 자신의 이야기를 해댔다.

처음에는 민진서 옆에 있는 게 꼴도 보기 싫다는 말로 끝이 났지만, 이제는 고등학교 일진의 애첩이었다는 말까지 나돌 정도로 수위가 높아졌다.

"걔, 남자 없으면 밤에 잠을 못 잔다더라?"

"진짜?! 푸하하하!"

사람 하나가 바보 된다는 게 이런 걸까?

꺄르르 소리가 멀어지고 한참이 지나서야 눈가에 자국을 찍은 지윤선이 화장실 문을 열었다.

"……."

거울 앞에서 세수를 하면서 정신을 차리려 했지만, 분노는 쉽게 가시지 않았다.

22세.

대학교 3학년의 나이에 재수를 하고 있으니 근거 없는 소문이 돌기도 쉬웠으리라.

'집안 사정이 이제 나아져서 대학 가려고 재수를 하는 것뿐인데…….'

사실대로 말해봐야 알아줄 사람도 없었다.

힘없는 발걸음으로 자리로 돌아오니 민진서가 책을 보며 수업 내용을 복습하고 있었다.

"윤선아. 왜 그래?"

"……."

"윤선아."

"아냐. 아무것도……."

민진서가 걱정하며 물었지만 지윤선은 입술을 깨물며 아무 말도 하지 못했다.

수업이 끝난 오후.

민진서는 지윤선과 함께 학원 앞에서 차를 기다리고 있었다.

'······쟤들도 다 똑같은 애들이겠지?'

민진서가 옆에서 여러 가지 이야기를 하고 있었지만, 지윤선의 관심은 자신을 지나치는 여학생들에게 쏠려 있었다.

"윤선아?"

"······."

"지윤선."

"······미안. 뭐라고 말했어?"

민진서는 그녀대로 친구가 걱정되었다.

하지만 이유를 물어도 딱히 답도 없고, 아프면 병원에 가자고 해도 그건 아니라니······.

그렇게 두 사람이 다른 생각을 하고 있을 때, 밴 한 대가 유유히 학원에 들어오고 있었다.

"저거 뭐야?!"

"밴?!"

밴이 모두의 시선을 한몸에 받으며 민진서 앞에 섰다.

창문이 열리더니 상상도 못한 인물이 민진서에게 손을 흔들었다.

"이사 언니?"

창문이 열리니 이현지가 특유의 자신감 어린 미소로 손가락질을 했다.

"타. 오늘 손님도 있지? 타요. 공간은 넉넉할 테니까."

지윤선은 갑작스러운 밴의 등장에 당혹감을 감추지 못
했다.

그러나 이내 민진서가 등을 떠밀자 올라탈 수밖에 없었다.

능숙하게 밴을 운전하는 모습에 민진서가 크게 놀랐다.

"이사 언니, 밴도 운전하세요?"

이사라는 말에 지윤선의 눈이 휘둥그레졌다.

그러나 그걸 몰랐는지 이현지는 당연하다는 듯 고개를 끄
덕였다.

"당연하지. 이 바닥에 있으면서 밴 하나 못 끈다는 게 말
이 되겠어? 거기 친구 분."

"네? 네!"

이현지의 힘 있는 목소리에 놀랐는지 지윤선은 기합이 바
짝 들어 허리를 꼿꼿하게 폈다. 그 모습이 재미있었는지 이
현지는 웃었다.

"편하게 있어도 되요. 진서한테 좋은 친구가 있다고 해서
보고 싶어서 직접 온 거니까요."

"그게……."

"진서가 사람을 잘 봐요. 어릴 때부터 사회생활을 해오던
애라 사람이 어떤 목적으로 다가오는지 잘 알거든요. 요새

친구 이야기를 많이 하더군요. 순수하게 잘해주는 친구라면서. 우리 사장님도 그걸 알고 오늘 식사 자리를 마련했을 거예요."

"아……."

이현지의 똑부러진 설명은 단번에 지윤선을 납득시켰다. 저런 작은 여인이 이런 카리스마가 있는가 싶어서 신기하기도 했다.

차는 예약해 놓은 레스토랑으로 향했다.

레스토랑에는 먼저 도착한 강윤이 그들을 기다리고 있었다.

"어서 와요. 차 많이 막히지 않았습니까?"

"괜찮았어요. 요리조리 돌아서 왔거든요."

강윤과 이현지, 민진서와 지윤선이 나란히 앉자 곧 준비된 식사들이 하나둘씩 나오기 시작했다.

스테이크에 칼질을 한 후 민진서에게 넘겨 준 강윤은 지윤선에게 눈을 돌렸다.

"진서하고 지내는 동안 어려운 일은 없었어?"

"……."

그녀는 순간 말문이 막혔다.

오늘만 해도 뒷담화 대상으로 바닥까지 내려갔었다. 턱 밑까지 그 말이 올라왔지만, 그녀는 웃으며 고개를 흔들었다.

"아니요. 오히려 미안해요. 제가 좋은 친구인지…… 진서는 이미 성공한 연예인인데 저는 겨우 재수생일 뿐이잖아요."

"잠깐."

그러자 이현지가 고개를 갸웃했다.

"학생. 아직 그런 말할 나이는 아니지 않아요?"

"……."

"이상하네. 그런 걸 따질 사람으로는 안 보였는데."

이현지는 직설적이었다.

같은 집에 살다 보니 이현지도 민진서의 이야기를 자주 들어왔다. 학원 친구, 지윤선에 대해서 안 들었을 리 없었다.

그런데 오늘 만나 보니 뭔가 다른 게 느껴지니 의아했다.

이현지가 조금 강하게 나오는 듯하자 강윤이 분위기를 풀었다.

"학생들 대부분 진서를 연예인이라고 인식하지 않겠습니까. 윤선이도 친구지만 간혹 그런 기분을 느낄 겁니다. 당연한 거지요."

"……하긴. 그렇군요."

이현지는 수긍하고는 고기를 거칠게 썰어갔다. 뭔가 마음에 들지 않는다는 표현이었다.

민진서의 얼굴에도 섭섭하다는 표현이 감돌 때, 지윤선이 힘겹게 운을 뗐다.

"……사실은 일이 있었어요."

"일?"

모두가 도구를 내려놓고 그녀의 이야기에 귀를 기울였다.

그녀는 오늘 있었던 일을 비롯해 그전에 있었던 일들을 하나하나 풀어 놓았다.

민진서와 친해지면서 생긴 시기와 질투. 지금까지 참고 있었다는 이야기까지.

그 이야기를 모두 듣자 민진서의 얼굴은 사색이 되어버렸고, 강윤의 얼굴도 당혹감에 물들었다.

"……윤선아."

민진서는 미안함과 안타까움을 담아 그녀의 손을 꼬옥 잡았다.

지윤선은 고개를 숙였다.

강윤은 눈을 감아버렸고 이현지는 입술을 꽉 깨물었다.

"……모두 죄송해요. 제가 학원에 가겠다는 고집만 안 부렸어도……."

민진서도 우울한 얼굴로 고개를 숙여 버렸다.

모두 즐겁기 위해 모인 식사자리가 어두워져 버렸다.

그러자 이번에는 지윤선이 고개를 흔들었다.

"힘들긴 해도, 진서 너는 좋은걸? 오늘 조금 힘들어서…… 미안해. 잊어버려."

"윤선아."

지윤선은 강윤과 이현지에게 머리를 숙였다.

"죄송해요. 사실은 제가 진서 같은 연예인과 친구하려면 구설수에 오르는 건 당연한 일이잖아요. 오늘 조금 힘든 일이 있어서…… 제가 괜한 말을 꺼냈어요. 죄송합니다."

뒤늦은 후회가 밀려왔는지, 그녀의 얼굴에는 미안함이 어려 있었다.

강윤은 잠시 생각하더니 이현지에게 밖으로 나오라고 손짓하고는 자리에서 일어났다. 이현지도 곧 자리에서 일어나 강윤을 따라 휴게실로 향했다.

휴게실에서 강윤은 심각한 얼굴로 말했다.

"이사님. 저 친구가 한 말, 어떻게 보십니까?"

"사실일 거예요. 진서가 진짜 좋은 친구가 있다고 자주 이야기했었거든요. 그 애가 사람 보는 눈이 없는 것도 아니잖아요. 강 팀장도 괜찮은 친구라고 했었고. 사람은 확실하다고 생각해요."

"……흠. 그렇다면 도와야겠네요."

강윤의 말에 이현지도 동의했다.

"네. 하지만 학원 생활까지 우리가 끼어들 수는 없어요. 설마 연습생으로라도 들이겠다는 건가요?"

월드엔터테인먼트 연습생은 요즘 엔터테인먼트 업계의 핫이슈다. 되기도 힘들고, 잘 뽑지도 않고.

김지민에 이어 일본에서 히트를 친 인문희까지. 되기만 하면 가수가 될 수 있을 거란 생각에 연일 월드엔터테인먼트 홈페이지는 지원자들로 만원이었다.

"그건 아닙니다만 다른 방법이 있습니다."

"연습생도 아니고, 스타는 더더욱 아닐 테고…… 뭔가요?"

강윤은 씨익 웃으며 말했다.

"아무도 건드리지 못하도록, 그녀의 지위를 올려 버리는 겁니다."

강윤의 말에 이현지는 호기심 어린 표정으로 물었다.

"지위를 올린다?"

강윤은 설명이 길어질 듯, 자리에 앉아 이야기를 풀었다.

"사람은 자기보다 비슷하거나 못하다고 생각하는 사람이 잘 되면 질투를 하고 헐뜯습니다. 여자들 세계는 좀 더 어둡게 나타나는 편이죠. 하지만 그 시샘 받는 존재가 손에 닿을 수 없는 사람이 되면 완전히 달라집니다."

"대충 알겠네요. 그래서 그 일반인 친구를 어떻게 격상시키겠다는 말인가요?"

"이겁니다."

강윤은 SNS 어플을 켜서 지윤선의 SNS 페이지를 이현지에게 보여주었다.

"봐야 할 부분은 밑에 있습니다."

"청첩장?"

"네. 맞습니다."

이현지의 눈이 황당함으로 물들었다.

"설마 진서가 여기 가면 해결이 된다는 말은 아니겠지요? 이건 아닌 것 같아요. 괜히 기자들이 엉뚱한 곳에 붙을 수도 있고……."

그러나 강윤은 고개를 흔들며 자신에 찬 목소리로 답했다.

"진서만 간다면 그럴 수도 있겠죠. 여기에 저와 이사님, 그리고 우리 소속 연예인 모두가 가는 겁니다."

"네에?!"

이럴 필요까지 있을까?

기껏해야 친구일 뿐인데 이현지는 과하다는 생각이 들었다.

"그렇게까지 할 필요가 있나요? 우리 애들도 스케줄 없이 노는 것도 아니잖아요."

"이렇게 해야 합니다."

"……."

강윤은 자리에서 일어나서는 설명을 이어갔다.

"진서 개인이 간다면 개인적인 볼일이지만 모두가 간다면 공식 행사가 됩니다. 그렇게 되면 기사도 더 온건해집니다."

"……."

"기사들도 궁금해지겠죠. 저 사람이 뭐기에 월드 소속 연예인들 모두가 와서 축하를 해줄까? 알고 보니 월드 소속 연예인 민진서 친구의 오빠다. 거긴 친구의 결혼식도 모두가 함께 챙겨주네? 소속 연예인들 사이가 좋은가 봐. 대외적으로 홍보 효과도 낼 수 있습니다."

이현지는 고민했다.

강윤의 말이 확실히 일리가 있었다.

그러나 많은 사람들에게 소속 연예인들이 사적으로 노출되는 게 바람직한지, 고민이 안 될 수 없었다.

잠시 생각하던 그녀는 강윤에게 동의하며 말을 보탰다.

"……알았어요. 걱정되기는 하지만 사장님 말이 맞는 것 같으니까, 기왕 이렇게 된 거 제대로 홍보를 해보면 어떨까요?"

"어떻게 말입니까?"

"오 PD가 데리고 온 한 대리와 강 대리가 홍보와 언론에 조예가 깊더군요. 한번 맡겨 보는 게 어때요?"

"기획팀이었다고 들었는데 그런 곳에도 능력이 있었군요. 알겠습니다. 부탁합니다."

이야기가 정리되자 강윤은 가볍게 기지개를 폈다.

두 사람은 한층 밝아진 얼굴로 자리로 돌아갔다.

강윤과 이현지는 두 사람이 나눈 대책을 바로 이야기하지 않았다.

이후, 지윤선은 민진서와 친구가 된 것에 만족한다며 무슨 일이 벌어져도 감당하겠다고 이야기했다.

'괜찮은 애군.'

강윤은 그녀의 말이 진심이라는 걸 느낄 수 있었다.

이현지도 마찬가지였다.

식사를 마치고, 강윤은 지윤선을 집까지 데려다주겠다며 차에 태웠다. 운전대를 잡은 이현지와 조수석에 앉은 강윤은 끊임없이 일에 관한 이야기를 나누었다.

찰떡같이 이야기의 죽이 짝짝 맞는 두 사람을 보며 지윤선이 민진서의 귓가에 속삭였다.

"앞에 사장님하고 이사 언니? 맞지?"

"응. 왜?"

"엄청 친한 것 같아서. 호흡도 착착 들어맞고. 멋있어."

남녀 사이에 일 이야기로 저렇게 즐거워할 수 있는지.

지윤선에겐 신선한 충격이었다.

"저기, 이사 언니 말이야. 혹시 작곡가님하고 사귀는 사이야?"

조심스러운 물음이었지만 순간 민진서의 눈이 서슬 퍼렇게 변해 버렸다.

"아니. 절대."

"……하하. 절대까지야……."

"아니거든."

민진서의 그런 눈빛을 처음 본 지윤선은 당황했지만 이내 웃으며 화제를 바꿨다.

"저 이사 언니 말이야, 일 장난 아니지?"

민진서는 헛기침을 하며 잘 답해주었다.

"응. 지금의 월드를 만든 게 앞의 두 사람이야. 선생님이 주로 노래하고 대외 활동을 주로 담당했다면 이사 언니는 영업이나 사내 업무를 담당했어. 선생님은 이사 언니가 하는 일을 전적으로 믿었고, 이사 언니도 사장님이 하는 일을 항상 밀어줬데."

"멋있다……."

지윤선의 눈빛이 사근사근해졌다. 그녀는 백미러를 통해 이현지를 힐끗힐끗 보며 얼굴을 붉히기까지 했다.

그걸 알았는지, 이현지가 물었다.

"친구 분. 할 말 있나요?"

"네? 아, 아니요."

지윤선이 당황하자 강윤이 피식 웃었다.

"이사님도 참. 조금만 부드러워도 괜찮습니다."

"아, 또 세게 보였나. 미안해요."

이현지가 미안하다며 손을 들자 지윤선은 놀라며 손을 저었다.

"아뇨! 괘, 괜찮아요."

"그래요? 진서와 친하게 지내줘서 고마워요."

"아, 아닙니다. 연예인인 걸 떠나서 진서 자체가 좋아서 친구가 된 거니까요."

그러자 강윤이 창문을 닫으며 말했다.

"알아요. 언제든 회사에 놀러 와요. 환영할 테니."

"감사합니다."

그러자 이현지도 한 마디 보탰다.

"막상 이런 말을 한 사장님은 자리에 없는 날이 많지요?"

"하하하. 그렇군요. 이사님이 있으니까 괜찮습니다."

"……아, 이놈의 인기."

강윤과 이현지는 가볍게 장난을 치며 웃음을 자아냈다.

민진서도 두 사람의 모습에 입으로 손을 가리며 쿡쿡 웃었다.

'멋진 콤비…… 완전…….'

강윤과 이현지.

두 사람의 모습은 지윤선의 가슴 깊이 파고들었다.

차가 조금 막혀 한참이 지나서야 지윤선의 집인 판교에 도착할 수 있었다.

"감사합니다."

집 앞에서 손을 흔드는 지윤선을 뒤로하고, 강윤 일행은 이현지의 집으로 향했다.

차에 속력을 내며 이현지가 물었다.

"진서야. 혹시 친구한테 뭐 받은 거 없니?"

"받은 거요?"

민진서가 고개를 갸웃하자 강윤이 추가 설명을 했다.

"청첩장 같은 거."

"청첩…… 아, 윤선이 오빠 결혼식이요? 들었는데, 날짜하고 장소는 못 들었어요. 초대하고 싶지만 연예인에게 사람 많은 곳에 오라고 하기가 미안하다고 괜찮다고 했어요."

"일단 이야기는 들은 거지?"

결혼식에 갈 수 있는 명분은 만들어진 셈이었다.

강윤의 물음에 민진서는 고개를 끄덕였다.

"네. 그런데 결혼식은 왜요? 설마 가시려고요?"

민진서가 걱정스럽게 묻자 강윤은 고개를 끄덕였다.

"그럴 생각이야."

"장소하고 시간은 알고 계세요?"

"물론. 그러니까 진서 너도 준비하고 있어. 시간은……."

강윤은 SNS에서 본 장소와 시간을 민진서에게 이야기해 주었다.

"네. 저하고 기준 오빠하고 갔다 오면 되죠?"

"기다려봐. 나중에 이야기해 줄게."

민진서는 알쏭달쏭한 표정으로 고개를 끄덕였다.

♪ ♩♩♩ ♫♫ ♩ ♪

ーゆりーちゃん(유리 짱).

2013년 여름.

일본 열도 곳곳에 이 이름이 빠진 곳이 없었다. 일본 제2의 수도라고 일컬어지는 오사카에도 그녀의 노래는 곳곳에서 들려오고 있었다.

"……내 노래다. 히히."

어두워지기 시작한 거리에서 인문희는 작게 들려오는 자신의 노래에 헤실헤실 웃었다. 그녀 옆에서는 함께 나온 프로듀서, 츠카사도 그녀의 노래를 들으며 즐거워했다.

"아직도 도톤보리에서 음악이 들려오다니. 여전하네."

오사카의 유명 거리에서 여전히 인문희의 노래는 흘러나오고 있었다. 앨범을 낸 지 2달이나 지났지만, 그녀의 인기가 여전하다는 증거였다.

이런 노래를 프로듀싱한 츠카사 프로듀서는 즐거웠다.

모자로 얼굴을 가린 인문희는 발밑에 흐르는 하천을 보기 위해 난간에 팔을 기댔다.

시원하게 흐르는 하천 소리를 들으며 그녀는 핸드폰을 꺼냈다. 파인스톡을 보니 대화목록 중 안 읽은 대화가 200개를 넘긴 단체 채팅방이 제일 상위에 있었다.

–지민센세 : 오늘 하루도 즐겁게 마무리이~!

–혀나 : 지미니는 오늘 조은 일 있었음?

–지민센세 : 아뇨~ 없었어용. ㅠㅠ

–미나짱 : 아닌 것 같은데?

–난제니야 : 미나 또 모함 들어가구요~

–미나짱 : 이것도 모함임? -_- ……싸우자는 거?

월드엔터테인먼트 소속의 모든 가수들이 참여 중인 '노래방'이라는 이름의 단체 채팅방이었다.

인문희는 쿡쿡 웃으며 자연스럽게 채팅에 끼었다.

–나 : 지민 선배 무슨 일 있었음?

–지민센세 : 오어? 아무 일도 없었어용.

–혀나 : 아닌 것 같은데…….

−김재훈 : ······오늘도 시끌시끌하군.

김재훈 님이 나갔습니다.

혀나 님이 김재훈님을 초대했습니다.

−지민센세 : 안녕하세요~ 전 이삼순이라고 합니다.

−난제니야 : ······뭐임?

−김재훈 : ······.

여자의 비율이 높아서일까.

대화에 정전은 존재하지 않았다. 스크롤은 끊임없이 올라

갔고, 공연 사진들부터 웃기는 사진 등 각종 희귀 자료들도

마구 퍼졌다.

그러다가 정민아가 말을 꺼냈다.

−미나짱 : 결혼식 이야기 들은 분?

−지민센세 : 저도 매니저 오빠한테 들었어요. 진서 언니 친구 분 오

빠라던데요?

−난제니야 : 중요한 사람인가?

−혀나 : 글쎄······ 난 잘 모르겠음······ ㅠㅠ

−나 : 결혼식? 그런데 다들 가는 거예요?

−김재훈 : 일단은. 거기 있는 문희 씨만 빼고.

결혼 이야기가 나오니 여자들의 입담이 마구 터져 나왔다.

소속 연예인들 모두 함께 결혼식에 간다니, 좋다 싫다 부터 음식을 쓸고 오겠다는 이야기까지. 다양한 말들이 스크롤을 위로 끌어올렸다.

압박은 점점 심해지더니 눈에 보이지도 않을 정도로 올라가고 있었다.

ㅡ혀나 : 결혼하고 싶당…… ㅠㅠ

ㅡ난제니야 : 나두…… ㅠㅠ

ㅡ미나짱 : 벌써? 좀 더 놀다 가야지?

ㅡ지민센세 : 미나 언니는 늦게 가고 싶은가 봐요?

ㅡ미나짱 : 뭐…… 좋은 사람 있으면 바로 갈 거양.

ㅡ난제니야 : 맞아. 미나가 우리 중 제일 일찍 갈걸?

ㅡ미나짱 : (손뼉도 마주쳐야 소리가 나지……)

ㅡ김재훈 : 난 잘 모르겠다…….

김재훈 님이 나갔습니다.

지민센세 님이 김재훈 님을 초대했습니다.

ㅡ지민센세 : 그래도 나가는 건 안 돼용~

ㅡ김재훈 : 쳇.

ㅡ나 : 결혼이라…… 우, 부케 받고 싶당. ㅠㅠ

한참 채팅을 하고 있는데, 츠카사 프로듀서가 김지민의 어깨를 가볍게 쳤다.

"네?"

"이제 가자. 시간 다 됐어."

"네."

근처에서 오늘은 행사가 있다.

인문희는 핸드폰을 넣고 모자를 푹 눌러쓴 채 인파들 사이를 헤치며 사라져 갔다.

"지 사장님 이거, 아들만 미남인 줄 알았더니…… 따님이 참 미인이십니다. 하하하!"

"감사합니다. 정 사장님 따님도 정말 미인이십니다."

정장을 입은 두 남자 사이에 훈훈한 덕담이 오가는 장소.

화이트 톤의 벽과 화려한 조명이 장식하고 있는 결혼식장이었다.

하얀 장갑을 낀 아버지 옆에서 지윤선은 하객들을 맞이하고 있었다.

"윤선이, 많이 컸네!"

"강이 오빠! 얼마만이야?"

친구 오빠와 반갑게 인사도 하고, 축의금 전달하는 곳에 음료수도 전달하는 등 그녀는 정말 바쁘게 돌아다녔다. 여느 결혼식장과 다르지 않은 모습이었다.

그런데, 식장으로 들어가기 10분 전이었다.

"은하?! 김재훈까지!"

"어디어디!"

난데없이 사람들이 입구로 몰려가기 시작했다.

40대와 50대를 넘긴 어른들은 갑자기 웬 연예인이냐며 자리를 지켰지만, 다른 사람들은 갑작스러운 연예인의 출연에 호들갑이었다.

"김지민 완전 예쁘다. 얼굴 완전 주먹만 해."

"꺅!"

한편, 정장을 입고 결혼식장에 먼저 도착한 김지민과 김재훈은 갑작스러운 인파에 난감해하고 있었다.

"저, 오빠. 선생님은 언제 온데요?"

"금방 올 거야. 저긴가?"

김재훈은 당황해하는 김지민을 이끌고 3층 계단을 올랐다. 그는 로비에 '지창훈, 신혜린'이라고 쓰여 있는 곳을 발견하고는 그녀의 손을 이끌었다.

"누구 결혼식에 오는 거야? 엑!?"

지윤선의 오빠, 지창훈의 축의금을 받고 있던 사촌동생은 난데없이 김재훈이 앞에 서자 눈이 휘둥그레졌다.

"아, 안녕하세요……?"

"안녕하세요."

김재훈은 능숙하게 축의금을 내고 방명록에 이름을 남겼다. 이어 김지민도 김재훈을 따라 이름을 남기고 봉투를 건넸다.

사촌동생은 얼떨떨한 표정으로 봉투를 받아들고는 식권 2장을 내밀었다.

"고마워요."

김재훈이 고개를 숙이고 돌아서자 얼떨떨해하는 친족들이 모두 등장했다. 난데없이 유명 연예인이 왜 이곳에 왔는지, 모두가 궁금했다.

인파속에 지윤선이 있었다.

"여기 계셨네요."

"네? 네?"

김재훈과 김지민이 난데없이 자신 앞에 서자 지윤선의 눈이 경악으로 물들었다.

"진서 씨하고 함께 왔어요. 조금 있다가 다들 올 겁니다."

"지, 진서가요? 아니, 그보다 다들이요?"

말이 끝나기가 무섭게 로비에서 조금 전보다 더더욱 커다란 소리가 들려왔다.

"꺄아아아아악!"

"미, 민진서다!"

"에, 에디오스! 헉!"

"이현아, 하얀달빛…… 으악…….."

팬 미팅 장소도 아니건만, 엄청난 소리가 들려왔다. 웅성임과 소리는 점점 가까워지더니 곧 로비 전체까지 퍼져나갔다.

그와 함께 강윤과 이현지, 그리고 민진서와 에디오스 전원, 거기에 하얀달빛까지 전원이 로비에 모습을 드러냈다.

"이, 이게……."

"형."

김재훈이 강윤을 향해 손을 흔들자 모두가 김재훈과 김지민이 있는 곳으로 다가왔다.

지윤선과 부모님은 당황해서 인사조차 하지 못했다.

로비는 신랑, 신부보다 오히려 때 아닌 연예인 폭풍에 인산인해를 이루었다.

시끌시끌한 로비에서 강윤은 민진서의 등을 가볍게 밀어 앞으로 나서게 했다.

"윤선아. 나 왔어."

"지, 진서야. 이게 다……."

"하하하."

민진서는 어깨를 으쓱이며 부모님께 인사했다.

"안녕하세요? 윤선이 친구 민진서라고 합니다."

"그, 그래요. 내가 유, 윤선이 애비 되는 사람입니다."

지윤선의 아버지는 TV에서나 나오던 초특급 스타를 직접 눈앞에서 보니 정신이 없었다. 사업을 해서 나름대로 발이 넓은 그였지만, 이런 연예인들과의 인맥은 상상도 하지 못했다.

민진서가 인사를 마치자 강윤이 앞으로 나섰다.

"안녕하십니까. 이강윤이라고 합니다. 여기 모두를 데리고 있는 사람입니다."

"지영호라고 합니다. TV에서나 나오던 분들을 이렇게 뵙다니……."

"진서에게 좋은 친구가 생겼다고 해서 이렇게 오게 되었습니다. 신부는 어디에 있습니까?"

"대, 대기실에 있지요. TV에서만 봤는데 모두가 미인이군요. 미남에……."

강윤은 지윤선의 아버지와 손을 맞잡고는 축의금을 내기 위해 앞으로 향했다.

에디오스와 민진서, 하얀달빛 모두가 아버지와 어머니, 그리고 결혼식의 주인공인 오빠, 지창훈에게 축하한다며 한마디를 남겼다.

그 모습을 지켜보던 사람들은 연신 수군거렸다.

"민진서가 신랑 동생 친구였어?"

"캬, 딸 잘 키웠네. 연예인 하객도 맞고."

"인터넷에 올려야지."

사람들이 어떤 반응을 보이든, 강윤과 연예인들은 사람들을 헤치고 신부대기실로 향했다.

대기실에서 연예인이 왔다는 이야기만 들은 신부도 강윤과 연예인들을 보며 눈이 경악으로 물들었다.

강윤은 신랑의 여동생 친구 하객으로 왔다며 간단히 소개를 하고는 연예인들 모두를 신부 주위에 서게 했다.

"찍습니다!"

사진사의 말과 함께, 카메라의 셔터가 위로 올라갔다. 신부를 중심으로 연예인들이 줄줄이 서 있는, 어디에도 없는 결혼기념사진이 만들어졌다.

'완전 부러워…….'

'나도 저런 하객 맞을 수 있을까?'

신부 친구들의 부러움은 하늘 끝에 닿을 정도였다.

친구들이 부러움에 어깨를 내리고 있을 때, 정민아가 그들에게 말했다.

"저기 언니들. 같이 한 컷 어때요?"

"네!"

친구들마저 사진에 가세하니 기념사진은 더더욱 풍성해졌

다. 연예인 각자가 친구들과 셀카를 찍는 서비스도 하니, 대기실은 순식간에 팬심이 넘실거렸다.

"고마워요!"

눈에 하트를 쏘아대는 신부와 친구들을 뒤로하고, 강윤과 연예인들은 결혼식장에 들어가 자리를 잡고 앉았다.

신랑 측 앞자리, 하객들이 잘 앉지 않는 자리였다.

강윤은 사회를 보는 신랑 친구에게 다가갔다.

"서프라이즈로 축가를 불러주고 싶은데……."

당연히 OK였다.

강윤은 에디오스, 김지민과 김재훈 콤비의 축가가 들어갈 거라며 MR과 함께 넘겨주었다.

바쁘게 여기저기를 왔다 갔다 하니 시간이 되었다. 신랑이 입장하고 신부가 아버지의 손을 잡고 들어오며 결혼식이 거행되었다.

조금은 긴 주례에 하객들이 하품을 했지만 갖가지 영상과 즐거운 이벤트로 지켜보는 하객들도 즐거움을 느낄 수 있었다.

곧 다음 순서가 진행되었다.

"이어지는 순서는 축가입니다. 신랑이 제 친구지만 참 좋은 여동생을 둔 것 같아요. 이런 축가는 어디에서도 듣기 힘들 겁니다. 에디오스, 그리고 김재훈과 은하의 듀엣입니다."

결혼식장 전체를 가득 메우는 엄청난 소리와 함께, 에디오스는 신랑과 신부를 마주보며 섰다.

♩ ♪♫♩♫♩ ♪

"야! 좀 더 밟아!"

연예전문통신, 스타페이스의 기자 강상태는 운전대를 잡은 후배를 타박했다. 뿔테 안경을 쓴 여 후배는 액셀러레이터를 밟으면서도 울상이었다.

"선배님. 이러다가 딱지 뗍니다. 저번 달도 딱지를 3개나 맞았는데⋯⋯."

"돈 준다니까! 지금 딱지가 문제야? 월드 애들이 다 떴다잖아! 빨리!"

"히잉⋯⋯."

여자 후배는 거칠게 액셀을 밟아갔다.

하지만 복병이 있었다. 결혼식장 앞의 교통정체였다.

"아씨! 이러다 좋은 거 다 놓치겠네! 다른 애들보다 먼저 잡아야 하는데."

"선배님⋯⋯."

"안 되겠다. 나 먼저 갈 테니까 알아서 따라와."

"선배!"

강상태 기자는 정체 중인 도로에서 내려 인도로 올라 달리기 시작했다. 그의 머릿속에는 오로지 특종, 특종밖에 없었다.

'강하인이 정보라면 확실해. 취재하지 말아달라고? 하하하. 그건 찍어달라는 말이나 다름없지.'

최근에 월드엔터테인먼트로 둥지를 옮겼다는 강하인 대리가 흘린 이야기였다. 일반인 결혼식에 왜 소속 연예인들 전부가 가는지 모르겠다며 고개를 갸웃하던 그의 모습이 눈에 선했다. 거기에 웃으며 기사로 내지 말아달라는 말이 아직도 귀에 선했다.

결혼식이 있기 1시간 전에 들었다는 것 빼고는 걸리는 것도 없었다. 그는 특종보다 사람이 우선인 '기자'였다.

"단독아! 기다려랏! 내가 간다!"

심장이 턱까지 차올랐지만 그의 뜀박질은 멈출 줄을 몰랐다.

같은 시각.

월드엔터테인먼트 본사의 강하인 대리는 강윤에게 문자를 보냈다.

─슬슬 도착할 겁니다.

−수고했어요. 여기도 준비하지요.

−더 필요한 것이 있으면 말씀해 주십시오.

강하인 대리는 핸드폰을 책상 위에 내려놓았다.

"기자라는 족속들은 자기가 원했을 때, 더 강한 기사가 나오지. 어떤 기사가 나올지."

할 일을 마친 직장인은 개운함을 느끼며 기지개를 폈다.

5화
비행기도 안 뜬다는 그날

"야야야. 인터넷 봤어?"

"이번 수능 어려워진다고?

"그런 거 말고! 이거 말이야, 이거!"

화려한 화장을 한 여학생은 핸드폰으로 기사를 보여주며 다른 학생들에게 난리였다. 여학생들은 기사에 난 인물들을 보더니 너도나도 눈이 동그래지며 큰 제스처로 답해 왔다.

"말이 돼? 민진서 말고 월드 전체가 다 갔어. 아니, 왜?"

"몰라. 지윤선 걔 재벌집 딸 같은 거 아냐? 알고 보니 월드 사장하고 정략결혼이 같은…… 꺅!"

"어머머! 대박사건!"

말도 안 되는 오해에 한 여학생이 코웃음을 쳤다.

"야! 그건 아니다. 월드 사장이 무슨 정략결혼이냐? 우리 사촌 언니가 방송 쪽에 있어서 아는데 월드 사장만큼 깔끔한 사람도 없다고 했어. 재벌에, 결혼에…… 이건 아니다.”

“왜? 그럴 수도 있지.”

“안 그렇거든?”

여학생들 사이에 별별 말들이 다 나돌았지만 결론은 쉽게 나지 않았다.

하지만 한 가지는 분명하게 드러났다.

지윤선과 민진서의 친밀한 관계가 모두에게 입증된 것이다.

수업시간이 얼마 남지 않았을 때, 지윤선이 강의실 문을 열고 모습을 드러냈다.

“야야. 왔다, 왔어.”

이전과는 다르게 여학생들은 지윤선을 보며 수군대기만 할 뿐, 나쁜 말은 전혀 하지 않았다. 아니, 그들 중에는 부럽다는 눈빛을 보내는 이들도 있었다. 그리고 조금 뒤, 모자를 눌러 쓴 민진서도 강의실에 들어섰다.

“안녕.”

“헬로.”

지윤선과 민진서는 평소와 같이 나란히 앉아 대화를 하며 수업을 준비했다.

“우와…….”

"윤선이 허리 봐. 완전 개미허리……."

"두 사람 캐미 간지. 하앍……."

이러쿵저러쿵 말들은 많았지만 이전과 다르게 지윤선을 일방적으로 몰아붙이는 이는 찾아볼 수 없었다. 오히려 민진서 옆에 있는 지윤선을 동경하는 이들도 생겨나고 있었다.

♪ ♫ ♬ ♩ ♪

"두 사람, 수고 많았습니다."

강윤은 결혼식과 관련해 홍보 일을 담당한 한창문 대리와 강하인 대리를 불러 칭찬했다.

"아닙니다, 사장님."

강하인 대리가 멋쩍은 미소를 짓자 강윤은 고개를 흔들며 말을 이었다.

"기자들이란 재미있는 사람들이죠. 써달라고 하는 이야기보다 뒷이야기를 들추려고 드는…… 우리 입장에서는 다루기 힘든 사람들입니다. 이렇게 완벽하게 우리가 원하는 대로 다루기도 쉽지 않습니다. 두 사람의 공입니다."

"아닙니다, 사장님. 믿어주신 것에 대한 답을 했을 뿐입니다."

"이번에 두 사람 능력을 제대로 봤습니다. 진작 알아봤어야 하는데……."

강윤은 두 사람에게 앞으로 홍보에 전력을 다해 줄 것을 부탁했다. 월드엔터테인먼트의 일이 전문화되기 시작한 것이다.

두 사람이 인사를 하고 자리로 돌아가자, 이현지가 강윤의 자리로 와 책상 위에 뜨거운 김이 올라오는 커피 잔을 놓았다.

"이야기 좀 할까요?"

강윤은 잔을 받아들며 자리에서 일어났다.

"좋지요."

두 사람은 옥상으로 향했다.

옥상에는 시원한 바람이 불어오고 있었다.

이현지는 난간에 기대어 하늘을 바라보았다.

"날씨 참 좋네요."

"그러게 말입니다."

"올해는 평온하게 흘러가네요. 무난한 성장을 한 것 같아요."

강윤도 그녀의 의견에 동의했다.

"그렇군요. 그래도 그동안 쌓아 놨던 것들이 팡팡 터졌습니다. 이제 월드엔터테인먼트가 큰 기획사로서 인정도 받았고, 문희도 일본에서 크게 성공을 했습니다. 직원들도 늘어났고…….”

“거기에 하나가 남았죠.”

강윤은 그녀의 이야기를 대번에 알아들었다.

“이츠파인 말이군요.”

파인스톡 음원서비스.

오랜 시간 준비해 왔고, 개발도 거의 마무리되었지만 허가가 나지 않는 상황이었다.

“하 사장이 백방으로 뛰고 있지만 도무지 허가가 나지 않는다고 이야기하더군요. 음원시장을 꽉 잡고 있는 기존 회사들의 압박이 거센 모양이에요.”

“쉽지 않을 거라고 생각했지만…….”

강윤은 한숨을 쉬었다.

음원 수입의 절반 정도를 가져 가는 기존 음원서비스 구조를 바꿔보겠다며 나섰는데, 역시 쉽지 않았다.

기존 진출자들도 바보가 아니었다.

하지만 언제까지 이렇게 막힌 채 있을 수도 없었다.

“하 사장을 만나봐야 할 것 같습니다.”

“알았어요. 이 이야기는 다음에?”

“네. 그리고 에디오스 애들은 준비 잘돼 가고 있지요?”

이야기가 바뀌었다.

이현지는 엷은 미소와 함께 고개를 끄덕였다.

"네. 오 PD 솜씨도 알아주잖아요."

"다행이네요. 올해가 가기 전에는 꼭 앨범을 내야 하는
데……."

이야기를 마치고 강윤은 바로 파인스톡 본사로 향했다.

파인스톡 본사, 로비까지 나온 하세연 사장은 오랜만에 보
는 강윤을 반겨주었다.

"오랜만이네요, 이 사장님."

"네. 잘 지내셨습니까?"

"안타깝게도 아니네요. 이 사장님처럼 잘나가야 하는
데……."

하세연 사장은 쓴웃음을 지으며 강윤과 함께 사장실로 향
했다.

강윤은 파인스톡 음원서비스 이츠파인에 대한 이야기를
들으며 심각한 표정을 지었다.

"……여러 가지 이유로 사업허가가 계속 미뤄지는 상황이
라는 거군요."

"네. 처음 반려된 이유는 기술의 부족을 들더군요. 그런데
우리가 음원을 제공하는 기술이 부족할 이유가 없잖아요?
당연히 조목조목 반박을 해서 다시 허가서를 올렸죠. 그러니
까 이번에는 회사 규모를 문제 삼고 나오더군요."

"음원사업을 하는데 회사 규모도 중요합니까?"

강윤이 눈살을 찌푸리자 하세연 사장도 입술을 깨물었다.

"기존 진출자 대비…… 몇 %였지? 아무튼 소비자에게 안정된 플랫폼을 제공하기 위해서는 안정적인 규모를 갖추고 있어야 하며, 자금의 안정적인 공급처가 있어야 한다더군요. 그런데 이게 웃기는 이야기인 게 지금 우리 규모가 예전이 아니거든요."

"한국에서 파인스톡을 안 쓰는 사람이 거의 없잖습니까. 해외도 나가고 있고. 거기에 이걸로 사업도 하는 중이고…… 아."

강윤은 짧게 탄성을 내며 말을 이었다.

"……결국 그냥 이 업계는 넘보지 말라는 거군요."

"네. 그런 것 같아요. 행정소송이라도 해야 하는지…… 피곤하네요."

강윤도 입맛이 썼다.

이츠파인은 월드엔터테인먼트에서도 자금을 투자한 프로젝트다. 손해는 둘째 치고 이대로 가면 아예 피어 보지도 못하고 접어야 할 판이었다.

'아예 허가를 거부하지 못하게 만들어야 해. 그러자면 여론을 조성해야 하는데…….'

하지만 기존 진출자들도 바보는 아니었다. 이츠파인이 언론플레이를 한다면 그들도 할 것이 분명했다. 사전에 진흙탕 싸움이 벌어지면 사람들이 염증을 느낄 수도 있다.

강윤은 잠시 눈을 감고 생각에 빠졌다.

'받아들일 수밖에 없게 만들어야 한다. 시간이 걸려도 괜찮아. 그렇다면 해외는 어떨까?'

눈을 뜨고 강윤은 하세연 사장에게 물었다.

"지금 파인스톡 해외 진출 상황이 어떻습니까?"

"자랑 같지만 아시아는 이미 꽉 잡고 있지요. 자동번역 시스템하고 캐릭터사업이 성공했거든요. 중국은 워낙 규제가 심해서 어렵지만 동남아시아나 일본은 계속 점유율을 높이고 있어요."

"그렇다면 이번 서비스는 해외에서 시작해 보는 것이 어떻겠습니까?"

그러자 하세연 사장이 조금 놀랐는지 눈이 커졌다.

"어차피 나중에는 제공될 서비스긴 하지만…… 처음부터요?

"네. 아예 해외부터 서비스를 시작하는 겁니다. 그리고 해외에서 점유율을 높이다가……."

강윤은 눈을 빛냈다.

"일정 이상 목표치에 도달했을 때, 여론을 조성해 국내에서 받아들일 수밖에 없게 만드는 겁니다."

쉽지 않은 이야기였다.

그러나 하세연 사장은 강윤의 이야기에 호승심이 일었다.

D-7.

수험생들의 결전의 그날이 일주일 앞으로 다가왔다.

민진서는 여느 날과 다름없이 학원으로 향했다. 수업이 시작되기 전, 학원 선생님들이 커다란 박스를 들고 오더니 학생들 모두에게 내용물을 꺼내주었다.

"떡이다."

"으으…… 완전 떨려."

학생들은 찹쌀떡을 받아들고 가슴이 두근거린다며 난리도 아니었다. 이미 한 번, 혹은 두 번 이상 겪은 수험생들도 있었지만 그날의 압박은 언제나 강력했다.

모두에게 떡을 나누어주고 학원 선생님은 목소리를 높였다.

"이제 결전의 날이 일주일 앞으로 다가왔다. 모두가 그동안 노력한 만큼, 아니 그 이상 좋은 결과가 있길 바라면서 선생님들이 마음을 모아 준비했다."

"감사합니다!"

"쓰레기 잘 치우고."

선생님이 나가고, 학생들은 찹쌀떡을 먹으며 떨리는 심정을 나누었다.

"미친! 진짜 그날이 오는 거야?"

"제발 그날 안 왔으면……."

"난 세 번짼데도 가슴이 떨려."

민진서와 지윤선도 다른 학생들과 크게 다르지 않았다.

"진서야. 떨리지?"

"엄청. 윤선이 너도 떨리지?"

"당연하지. 아무리 많이 봐도 수능은…… 으."

지윤선은 생각도 하기 싫었는지 고개를 세차게 흔들었다.

수능이 일주일 남아서인지 수업은 총정리 위주였다. 학생들은 한 글자라도 더 담아가려고 눈에 불을 켰고, 학원 선생님들도 막판 스퍼트를 올렸다.

수업이 끝나고, 민진서는 강기준이 운전하는 차에 올라 집으로 향했다.

집에서 잠시 쉬고 다시 과외.

민진서의 하루는 공부로 점철되었다.

"상인 출신으로 원나라에서 쿠빌라이 칸의 총애를 받으며 관직에 오른 사람이 누구죠?"

"마르코 폴로."

"좋아요. 그 사람이 만든 책으로 동방의 풍속과 세태를 세세하게 정리해서 서양에 소개한 최초의 책이 뭐지요?"

"동방견문록."

사회탐구, 세계사 과외 시간.

민진서는 뿔테 안경을 쓴 깐깐한 인상의 과외 선생님과 함께 중요한 부분을 다시 체크하고 있었다. 막힘없이 줄줄이 나오는 세계사 지식에 과외 선생님은 감탄했다.

"잘했어요. 이만하면 1등급은 따 놓은 당상입니다."

"아니에요. 선생님 덕분이에요."

"세계사는 진서 씨가 처음부터 잘했어요. 중국에서 연기를 한 덕인가요."

밤 11시가 되도록 그녀의 방에는 불이 꺼지지 않았다.

수업이 끝나고 과외 선생님이 집에서 나가자 이현지가 귀가했다.

"이사 언니."

"우리 진서. 공부 잘하고 있었어?"

"네."

이현지는 가볍게 민진서를 끌어안았다. 그리고 그녀에게 종이가방을 건넸다.

"이건……?"

종이가방의 내용물을 꺼내 보니 백화점에서도 비싸기로 소문난, R브랜드의 최고급 초콜릿이었다.

"떡이나 엿은 회사에 쌓이고 쌓여서…… 이게 제일 무난할 것 같아서."

"언니. 고마워요."

민진서는 이현지를 끌어안았다.

그때, 그녀의 핸드폰에 메시지가 왔다는 알림 소리가 울렸다.

"선생님?"

강윤에게서 사진 3장이 전송되었다.

팬들이 어떻게 알았는지 회사에 그녀에게 전해달라며 엿, 사탕 등등 여러 가지 선물들을 보내온 것이다.

민진서는 사진들을 보자마자 웃음을 터뜨렸다.

"하하하. 이게 다 뭐예요."

"네가 먹어야 할 것들?"

"……이 다 썩을 것 같은데."

민진서가 곤란한 표정을 짓자 이현지는 어깨를 으쓱였다.

다음 날.

민진서가 학원을 마치고 집에 오니 사진에서 봤던 물건들이 집에 그대로 배달되어 있었다.

"하하하……."

민진서는 거실 한편에 가득 쌓여 있는 선물 꾸러미를 보며 눈을 껌뻑였다.

"SNS라도 할 걸 그랬나……."

민진서는 곤란한 표정을 지었다.

계정이라도 있으면 감사인사라도 할 텐데, 아직 활동을 하지 않아 파인스톡 페이지조차 없었다.

그때, 핸드폰에서 알림 소리가 울렸다.

─홈페이지에 올릴 거니까 사진 하나만 찍어서 보내줘.

강윤에게서 온 문자였다.

민진서는 바로 브이 자를 한 사진과 함께 메시지를 적어 강윤에게 보냈다.

1시간 뒤, 월드엔터테인먼트 홈페이지에 있는 자신의 페이지에 들어가니 사진과 함께 감사하다는 말이 올라가 있었다.

─진서 수능 대박!

─여신님~ 수능 대박!

─저도 이번에 수능 봐요. ㅜㅜ 우리 같이 대박 내요!

팬들에게서 응원을 받으니 기분이 더더욱 업 되는 것 같았다.

그날 저녁.

과외 시간 전, 강윤이 민진서에게 떡을 전해주겠다며 잠시 집에 방문했다.

"감사합니다."

강윤에게서 떡을 받아들고 민진서는 살짝 볼을 붉혔다.

"이 정도로 뭘. 기준 팀장님은 어디 갔어?"

"잠깐 앞에 나가셨어요. 볼일 있으세요?"

"아니. 그런 건 아냐. 공부하느라 힘들지?"

"……네."

민진서는 짧게 한숨을 쉬었다. 힘들다는 이야기를 잘 하지는 않았지만 강윤에겐 솔직해졌다.

"어디서 공부가 제일 쉽다는 말을 들었던 기억이 나는데, 다 거짓말이네요. 공부는 정말 어려워요."

"하하하. 원래 배운다는 게 어려운 거야."

강윤은 민진서와 잠시 이야기를 하다가 자리에서 일어났다. 저녁에 한 방송사 PD와 약속이 잡혀있기에 빨리 가봐야 했다.

"……좀 더 있다 가시지."

민진서가 아쉬움을 드러내자 강윤은 그녀의 머리를 매만지며 답했다.

"내가 뛰어야 우리 애들이 편하게 노래하지."

"……그건 그래도…… 아쉽네요. 같이 있기도 쉽지 않은데."

"지금 바빠야 나중에 편안해지는 거야."

아쉬워하는 민진서를 뒤로 하고 강윤은 현관으로 향했다.

그때, 민진서가 강윤의 손을 붙잡았다.

"선생님. 잠깐만요."

신발을 신은 채, 강윤이 돌아섰다.

"왜 그러니?"

"저 선생님한테 받고 싶은 게 있어요."

"받고 싶은 거? 어떤 거?"

강윤이 알쏭달쏭한 표정을 짓자, 민진서는 입술을 꾹 다물더니 성큼 다가왔다.

"선생님 입술."

그리고 그녀는 입술을 강윤에게 빠르게 포개갔다.

때 아닌 기습에 그의 눈이 화등잔만 해졌다.

D-Day.

수학능력시험일.

수많은 수험생들이 내내 기다려왔지만, 마음 한편으론 오지 않기를 바랐던 날이 다가왔다.

평소와 같이 일찍 일어난 민진서는 머리를 질끈 동여매며 서둘러 짐을 챙기고 있었다.

"다 챙겼니?"

"네."

바로 회사로 출근할 생각이었는지, 이현지는 출근복장을
갖추고 민진서를 태워 수능시험장으로 향했다. 남들보다 좀
더 이른 시간에 도착해서인지 길은 막히지 않았다.

시험장에 도착하니 민진서의 팬클럽에서 나온 사람들이
그녀를 기다리고 있었다.

"아……."

여긴 또 어떻게 안 건지.

민진서는 10명 남짓 되는 팬클럽 사람들을 보며 감동했다.
팬클럽 사람들은 민진서를 둘러싸고 응원가를 부르며 수능
대박을 기원했다.

"감사합니다."

민진서는 팬들 모두와 손을 잡고 포옹까지 했다.

팬들은 아침에 나온 보람을 느끼며 감동의 도가니에 빠
졌다.

"그럼 다녀올게요."

"대박치고 오세요!"

팬들의 배웅을 뒤로하고, 민진서는 수능 시험장 안으로 향
했다.

[수능 시험장에 입실하는 민진서, 팬들 응원 받으며 시험장으로......]

2014년 수능을 치른 연예인, 누가 있나?

배우 민진서(22)가 사람들의 관심을 모으며 수능시험을 치른다.

다른 수험생들보다 이른 시간에 수험장에 나타난 민진서는 더 일찍 나온 팬들의 응원을 받으며 시험장 안으로 들어갔다.

월드엔터테인먼트로 소속사를 옮긴 후, 작품 활동보다 수험에 더 관심을 쏟아 배우를 그만둔 것이 아니냐는 의혹을 받기도 했지만, 더 나은 연기를 위한 일환이라며 그 우려를 일축했다.

특례로 대학을 갈 수도 있지만 모두 거절하며 '실력으로 대학에 가겠다'라고 말해 개념연예인으로 칭송을 받고 있다.

다른 학생들과 함께......

강윤은 민진서 관련 기사를 끄고는 기지개를 폈다.

"오늘 기자들 엄청 몰려오겠네."

아침이야 예민한 다른 수험생들 눈치도 보이니 많이 몰려오지는 못했겠지만, 시험이 끝나고는 달랐다.

강윤에게 보고서를 내기 위해 온 강기준 팀장도 강윤의 말에 동의했다.

"오늘 진서 빼오려면 단단히 각오해야 할 것 같습니다."

"나도 같이 갈까요?"

그러자 강기준 팀장이 놀라 고개를 흔들었다.

"에이, 그 정도는 아닙니다. 다른 매니저들 한두 명이면 됩니다. 기자들 블로킹하고, 이끌면 되니까요."

"아닙니다. 험한 여정이 될 텐데, 같이 가지요."

"사장님. 체면이 있는데……."

강기준 팀장이 극구 만류했지만, 강윤은 괜찮다며 손을 들었다.

"이래봬도 현역시절, 블로킹하면 알아줬었습니다."

"그게 아니라…… 명색이 사장님이 그런 험한 곳에 직접 간다는 게 조금 그렇습니다."

"괜찮습니다. 우리 애들 마중 가는 건데요."

공부하느라 그동안 고생한 민진서를 가장 먼저 보고 싶은 마음. 사실 그게 제일 컸다.

못해도 4시 반에는 도착해야 하니, 강기준 팀장은 4시에 오겠다고 하고는 사무실을 나섰다.

강윤도 자리에서 일어났다.

"스튜디오 좀 다녀오겠습니다."

이현지에게 잠시 사무실을 맡기고, 강윤은 스튜디오로 내려갔다.

'지금쯤이면 거의 끝났겠군.'

스튜디오로 향하니 부스 안의 정민아와 믹서 앞의 오지완 프로듀서가 심각한 얼굴로 입술을 깨물고 있었다.

"민아야. 또 틀렸다."

－죄송해요.

"'옷을 갈아입~' 이 부분에서 음이 자꾸 어그러져. 같은 실수가 계속 이어지면 곤란해. 알았지?"

오지완 프로듀서는 정민아를 달래 다시 녹음을 이어갔다.

MR이 흐르고, 정민아의 음표와 함께 빛이 흘러나왔다.

'윽!'

강윤은 정민아에게서 검은빛이 뿜어져 나오는 것을 보고는 눈살을 찌푸렸다. 정민아도 그런 강윤의 모습에 놀랐는지 노래를 중단해 버리고 말았다.

"민아야. 갑자기 왜…… 아, 사장님."

그제야 오지완 프로듀서도 뒤에 서 있는 강윤을 인식하곤 자리에서 일어났다.

강윤은 가볍게 손을 들며 물었다.

"잘 안 되나 보군요."

"……네. 다른 애들은 다 끝나고 민아만 남았는데…… 조금 어렵습니다."

"어렵다?"

오지완 프로듀서는 짧게 한숨을 쉬었다.

"민아가 다른 애들의 목소리를 따라오지 못하고 있습니다. 여러 가지 효과를 넣어서 어떻게든 해보려고 했는데, 그것도 한계가 있고……."

"민아의 노래가 문제라…… 하긴, 원래 민아가 노래를 잘하는 편은 아니었죠."

"……처음에 사장님이 민아를 뽑으실 때, 춤을 워낙 잘 춰서 선발하신 거잖습니까. 이번 노래에 민아의 목소리가 꼭 필요합니다. 민아 목소리가 좋잖습니까. 그런데……."

"원하는 퀄리티가 안 나온다?"

"……네. 죄송합니다."

그러자 강윤은 괜찮다며 고개를 흔들었다.

"죄송할 게 아니죠. 새로운 시도는 참 어렵네요. 민아의 파트를 다른 사람에게……."

"싫어요."

그때. 난데없는 소리가 들려왔다.

돌아보니 정민아가 있었다.

"연습할게요. 하면 되잖아요."

"민아야."

"……까짓것, 해낼게요. 이까짓 거 해내면 되잖아요."

정민아는 분했는지 입술을 파르르 떨며 외투를 가지고 옥상으로 올라가 버렸다.

오지완 프로듀서는 그녀의 모습에 어깨를 으쓱였다.

"민아가 자존심이 상했나 보네요. 쟤가 자존심 하나는 갑이긴 했지요."

강윤은 피식 웃었다.

"하여간 성질하고는…… 저걸 누가 데려갈지. 제가 가보겠습니다."

"죄송합니다, 사장님."

"아닙니다. 잠시 쉬고 계세요."

정민아가 갈 곳이야 뻔했다.

강윤은 바로 옥상으로 향했다. 옥상 문을 여니 정민아가 차가운 바람에 머리채를 거칠게 휘날리며 서 있었다.

강윤은 조용히 다가가 그녀 옆에 섰다. 정민아는 강윤을 힐끔 쳐다보다가 한마디를 툭 내뱉었다.

"……제가 노래를 그렇게 못해요?"

"…… ."

"다른 애들…… 발목 잡을…… 정도로?"

강윤은 아무 말도 하지 않았다.

그녀는 푸념 섞인 어조로 계속 말을 이어갔다.

"……저도 알아요. 다른 애들은 노래를 잘해요. 릴리도 목소리 하나는…… 그래서 더 노력했어요. 춤 하나는 누구에게도 지지 않겠다고. 그런데…… 하아.”

정민아는 손으로 눈을 덮었다.

못하는 것보다 잘하는 것에 집중하겠다. 그런데 그게……
잘못된 생각이었던 걸까?

강윤은 차분히 말을 이었다.

“비약이야.”

“……네?”

“네가 발목을 잡는다는 건.”

정민아는 손을 내리고 강윤을 올려다보았다.

“하지만 노래가 부족한 건 사실이지.”

“…….”

돌직구가 날아오자 정민아는 어깨를 축 내려 버렸다.

도무지 위로라는 걸 모르는 사람인지. 아니, 생각해 보면
당연했다. 그는 소속사 사장인걸.

하지만 그의 말은 거기서 끝이 아니었다.

“그러니까 바꿔봐야 하지 않겠어?”

“바꿔요?”

“지난번에 너 솔로곡 할 때도 보컬 때문에 기계로 많이 때
웠잖아.”

“……그건 그렇죠.”

댄스곡이기는 했지만, 사실 아쉽기도 했다.

"이젠 기계에서 졸업해 보자고. 다른 애들처럼."

"……저도 노력 안 한 게 아니에요. 아시잖아요."

정민아의 노력을 강윤이 모를 리 없었다.

연습생 시절, 유명 보컬 트레이너들을 수없이 붙였지만 정민아의 발전은 다른 연습생들에 비해 미미한 수준이었다. 그녀가 댄스에 사활을 걸지 않았으면 이 자리에 설 수 없었으리라.

"네가 주연이처럼 노래를 잘하게 되긴 힘들겠지."

"……돌직구 진짜."

정민아가 투덜댔지만 강윤은 멈추지 않았다.

"그래도 이렇게까지 하는데 안 될 수는 없겠지. 지금부터 다른 연습 다 접고 네 파트만 연습해. 이게 될 때까지 에디오스 컴백은 미룬다."

"네에?!"

강윤이 엄청난 초강수를 들고 나오자 정민아의 눈이 경악에 물들었다.

현재 가요계는 오디션 프로그램, 가수들의 노래 대결 등 여러 예능 프로그램의 출현으로 호황을 맞고 있었다. 그에 따른 여파로 과거의 곡들이 재조명받으며 편곡가들의 역할도 중요해지고 있었다.

그런 프로그램 중 하나가 'Ones-노래하라'였다.

슬슬 가요 예능에 지루해하는 사람들이 늘어나는 실정이었으나, 전문 MC들의 역량과 출연진들의 힘으로 잘 극복해 가고 있었다.

그 녹화현장에 박소영이 있었다.

"편곡가들은 예명을 굉장히 많이 쓰는데, 소영 씨는 그냥 본명을 쓰시는군요."

MC 성차윤의 질문에 박소영은 부끄러운지 얼굴을 살짝 붉히며 답했다.

"……부모님께 받은 이름을 굳이 바꿀 필요를 못 느껴서……."

"하하하하!"

난데없는 말에 관객석과 출연진들 모두가 웃음을 터뜨렸다.

이게 왜 웃긴지 모르는 박소영으로선 의문에 고개를 갸웃할 뿐이었다.

MC 성차윤의 질문은 계속 이어졌다.

"가수 세디 씨와 작업을 함께하셨는데 어려운 점은 없으셨는지?"

"……."

그 질문에 이준열이 눈을 치켜뜨고는 박소영을 바라보았다.

'잘 대답해라이~'

그 이글거리는 눈빛이 카메라에 담기고, 출연진들은 덩달아 킥킥거렸다.

박소영은 의기소침해져 작게 답했다.

"……어려운 점은 없었는데요…….'"

"없었는데?"

"……그냥 ……말도 안 되는 이야기를 자꾸 하는 게…… 기계는 정직한데 내 목소리 파형이 왜 이 모양이냐며 우기시고…….'"

"풋."

조곤조곤 할 말 다하는 게 이런 거였다.

졸지에 이준열은 바보가 되어버렸다. 그가 뭐라 반박을 하기도 전에 여자 출연진 한 명이 궁금한 것이 있었는지 그녀에게 물었다.

"그렇다면 혹시 뮤즈가 도와주거나 하진 않았나요?"

"아, 그게…… 네. 오빠가 그리 한가한 사람은 아니라…….'"

"푸읍!"

사람들이 빵빵 웃음을 터뜨리는 가운데, 이준열은 뒷목을 잡고 싶었다.

'얘 이상해. 강윤 형은 이런 애들하고 어떻게 작업하는 거

야?! 아 쓰부럴······.'

카메라에 이준열의 표정 변화가 시시각각 담기고 있었다.

그 와중에 MC가 다시 그녀에게 질문을 던졌다.

"혹시 뮤즈가 출연할 의사는 없다고 하나요?"

"아, 오빠하고······ 희윤이요? 글쎄······ 요. 물어볼게요."

새로운 스타일의 토크가 나타났다며, 방송이 나간 후 그녀의 토크는 인터넷을 찬란하게 장식하고 말았다.

♪ ♩♪♩♩ ♪♩♪♩ ♪ ♪

강윤와 강기준 팀장은 민진서가 수능을 치른 수험장으로 향했다. 다행히 아직 교통체증은 없어 빠르게 수험장에 도착할 수 있었······.

"······기자들 숫자가 엄청나네요."

강기준 팀장은 수험장 앞을 가득 메운 카메라를 든 사람들을 보며 고개를 흔들었다.

학부모들과 실랑이를 벌이는 이들까지 있었다.

강윤도 그리 탐탁지 않았다.

"모처럼 007작전 거하게 해야겠군요."

"그러게 말입니다."

시간은 빠르게 흘러갔다.

금방 시간은 5시가 되어 교문이 열리며 제2 외국어까지 치른 학생들이 썰물처럼 시험장 밖으로 쏟아져 나오기 시작했다.

강윤와 강기준도 사람들을 헤치며 교문 쪽으로 진입했다.

"진서는 어디랍니까?"

"아직 수험장이랍니다. 몇몇 수험생들이 사인을 부탁했다는군요."

강윤의 물음에 강기준 팀장이 문자를 보여주며 답했다.

다행히 많은 인원은 아니라며 사람들이 조금 줄어들면 나오겠다고 이야기했다.

학교 안은 관계자만 들어갈 수 있어서 달리 방법이 없었다. 이건 연예인이든 누구든 소용이 없었다.

법은 법. 지켜야 했다.

"팀장님. 진서 나오라고 하세요."

"네? 지금 말입니까?"

기자와 사람들이 섞여 있는 혼란한 장소로?

강기준 팀장이 고개를 갸웃하자 강윤은 단호하게 답했다.

"차라리 지금이 낫습니다. 혼란할 때 빠져나가는 게 오히려 낫겠습니다. 나중에 기자들만 남으면 빠져나가기 더 힘들어집니다."

"알겠습니다."

강기준 팀장은 민진서에게 답을 했다.

곧 얼마 지나지 않아 두터운 외투를 걸치고 모자를 눌러쓴 민진서가 교문에 모습을 드러냈다.

"어? 민진서다!"

"어디어디!"

누군가의 외침과 함께, 시선이 일제히 그녀에게 집중되었다. 그와 함께 수많은 카메라의 플래시가 일제히 터지려 할 때였다.

"……선생님?"

강윤이 귀신같이 그녀의 앞을 가로막았다.

"이야긴 나중에. 가자."

"……네."

민진서는 강윤의 두터운 외투에 얼굴을 숨기로는 빠르게 사람들을 헤치기 시작했다. 강기준 팀장도 그녀의 옆에 서서 사람과 카메라 숲을 빠르게 헤쳐 나갔다.

"진서 양! 수능은 잘 보셨습니까?"

"오늘 난이도가 무척 어려웠다는데, 심경이 어떤가요?"

"교육부에 한 마디 해주세요."

강윤은 빠르게 사람들을 헤치고는 민진서를 차에 태웠다.

기자들이 끝까지 달라붙었지만 시동을 켜고 강윤은 빠르

게 그곳을 벗어났다.

"……이런 일은 진짜 오랜만이네."

사람 숲을 벗어나고, 강윤은 그제야 안심했는지 한숨을 쉬었다. 민진서도 그제야 마음을 놓았는지 몸을 늘어뜨렸다.

"휴우. 살았다. 선생님 덕분에 살았어요. 팀장님, 감사합니다."

당연히 할 일이었는데도 민진서는 공손했다.

강기준 팀장은 그런 민진서의 모습이 좋았다.

그때였다.

차 안에서 꼬르륵 소리가 거세게 울려 퍼졌다.

"아…….”

앞좌석은 아니었고, 뒷좌석이었다. 다름 아닌 민진서였다.

그녀는 어색했는지 헛기침을 하며 창가로 시선을 돌려 버렸다.

영락없는 여자였다.

"강 팀장. 우리 배고픈데 식사나 하고 들어갈까요?"

"네. 저도 마침 출출했습니다. 진서야. 수능 끝났는데 먹고 싶은 거 있어?"

민진서는 아무렇지도 않게 넘어가는 두 남자의 모습에 엷게 웃고는 메뉴를 이야기했다.

"아까부터 생각한 건데요. 고기. 무조건 고기."

세 사람이 탄 차는 강남의 한 유명한 고깃집으로 향했다.

강기준은 아무 시선도 의식할 필요 없는 특실에 예약을 했다. 덕분에 사방이 막힌 룸에서 마음 놓고 고기를 먹을 수 있었다.

한참 고기를 굽고 있는데 문이 열리며 반가운 얼굴이 등장했다.

"이거 제가 너무 제때에 온 건가요?"

"어서 오세요, 이사님."

"언니."

고기가 구워질 무렵, 이현지까지 오니 4인 테이블이 더더욱 풍성해졌다.

테이블은 민진서의 수능 이야기로 꽃을 피웠다. 이번 수능 난이도가 어려워, 민진서는 쉽지 않을 것 같다며 한숨을 쉬었다.

그러자 이현지가 말했다.

"너만 어려운 게 아니니까, 너무 걱정 안 해도 될 거야."

"그럴까요? 하지만……."

"아니야. 그렇죠, 사장님?"

그러자 강윤은 어색한 미소를 흘렸다.

"난 수능을 본 적이 없어서…… 전 대학을 가본 적이 없잖습니까?"

"아, 그렇지요."

그 말에 민진서의 눈이 휘둥그레졌다.

"진짜요? 전혀 그렇게 안 보였는데…….."

"그래? 공부는 열심히 했거든. 매니저 할 때부터. 하면 되더라고."

"……우와."

민진서의 눈이 반짝반짝 빛이 났다.

그녀에게 강윤은 빛나는 이상향이나 다름없었다.

시간이 흘러 모두의 배가 찼을 무렵.

민진서와 이현지가 잠시 자리를 비웠을 때였다.

강기준 팀장은 강윤과 가볍게 술잔을 나누며 진지한 표정으로 이야기를 꺼냈다.

"팀장님. 이제 때가 된 것 같습니다."

"때? 어떤 때 말입니까?"

강기준 팀장은 단번에 술잔을 털어 넣었다.

"진서도 작품을 할 때가 온 것 같습니다."

강윤도 진지한 얼굴로 술잔을 내려놓았다.

6화
((IM))POSSIBLE?

"크랭크가 언제입니까? 촬영시기가 중요할 것 같은데……."

하고 싶어서 한 공부라도 스트레스가 없을 수는 없었다.

민진서가 공부를 한 목적은 대학교에 가서 조금이라도 평범한 대학 생활을 즐기고 싶어서니까.

지금은 이르지 않을까?

소속사 입장에서는 조금이라도 빨리 민진서로 이익을 창출하고 싶겠지만, 강윤은 조금 더 뜸을 들이는 것이 낫겠다 싶었다.

강기준 팀장도 강윤의 생각을 알았는지 차분한 어조로 답했다.

"내년 하반기에 크랭크되는 것들입니다. 촬영은 빠르면 5월에서 6월에 들어갈 겁니다. 이 정도면 진서가 학교와 병행

하며 연기를 할 수 있을 겁니다. 영화 2개와 드라마 1개를 추려냈습니다."

강윤은 턱에 손을 올렸다.

그 시기가 과연 일을 재개하기에 적당한 시기일까?

어느 정도 학교생활을 할 수도 있고, 일도 할 수 있다. 거기에 1년이 조금 넘는 휴식기.

강윤은 적절하다고 판단했다.

"알겠습니다. 복귀작은 진서가 고르게 하는 게 어떨까요?"

"물론입니다. 조만간에 다시 보고 드리겠습니다."

"그리고……."

강윤은 진지한 눈으로 강기준 팀장과 눈을 마주했다.

"진짜로 기지개를 펼 때가 멀지 않았군요. 믿습니다."

"네. 기대에 부응하겠습니다."

강기준 팀장도 강한 눈으로 고개를 끄덕였다.

이야기를 마치자마자, 짜기라도 한 듯 이현지와 민진서가 들어왔다. 마치 두 사람만의 이야기라도 하고 온 듯, 민진서의 얼굴은 시원해 보였다.

"여자들끼리 좋은 이야기라도 하고 왔어?"

강윤의 물음에 민진서는 입가에 미소를 띠며 답했다.

"그냥, 이것저것?"

"이것저것?"

강윤이 고개를 갸웃하자 이현지가 자연스럽게 끼어들었다.

"에이. 여자들만의 비밀에 끼어들면 쪼잔해지는 거예요, 사장님."

"쪼잔이라니요."

강윤은 피식 웃음을 흘렸다.

같은 집에 살면 오히려 멀어진다고 했건만, 다행히 민진서와 이현지 사이에 그런 모습은 보이지 않았다.

수능이 끝난 날.

네 사람은 이야기를 나누며 즐겁게 시간을 보냈다.

♪ ♬♩♪ ♬♪♪ ♪

─아, 그게…… 네. 오빠가 그리 한가한 사람은 아니라…….

"하하하하!"

거실 소파에 누워 TV를 보던 희윤은 배를 잡고 깔깔 웃음을 터뜨렸다.

카메라 공포증 때문에 주눅 든 친구가 안 되긴 했는데, 그 모습이 연출하는 상황들이 그녀의 배를 잡게 만들었다.

MC 성차윤이 왜 예명을 안 쓰는지 묻자 박소영은 '부모님이 주신 이름을 바꿀 필요를 못 느꼈다'고 솔직히 말해 버리자 희윤의 웃음은 절정에 달했다.

"푸하하하하!"

그녀의 시원한 웃음소리에 부엌에서 나오던 김재훈은 의아해했다.

"왜 그래? 재미있는 거 있어?"

"여기 소영이 좀 보세요. 세디랑 나오는데…… 하하하하!"

희윤이 워낙 즐거워하니 김재훈마저 호기심이 생겨 TV 앞에 앉았다.

TV에서 박소영은 세디의 눈초리에 주눅이 들었는지 어깨를 늘어뜨린 채 할 말 못할 말을 다 하고 있었다.

'소영이가 준열이 형 천적이었나?'

김재훈은 상상도 못할 광경에 멍해졌다.

저 성질 더러운 이준열이 녹화 후에 박소영에게 얼마나 면박을 줬을지, 상상이 되지 않았다.

이준열의 당황하는 모습이 자막에 실릴 때, 희윤은 박소영에게 전화를 걸었다.

"소영아! 지금 방송 보고 있어?"

-……말하지 말아줘. 쥐구멍에 숨고 싶으니까.

"에이. 예능의 고수가 왜 이러실까?"

-희윤아. 너도 은근 짓궂은 거 알아?

박소영에게 장난을 치던 희윤은 녹화 후 이준열이 어떻게 했는지 물었다.

그런데 의외로 박소영은 별일 없었다며 차분히 답했다.

─나 사실 걱정했었는데 별말 없었어.

"그래? 세디가 뒤끝이 장난 아니라고 들었는데……."

─그러니까. 엄청 혼날 줄 알았거든? 그런데 그냥 갔어.

"진짜? 혹시 우리 오빠한테 간 거 아냐?"

─……그렇게 생각했는데, 강윤 오빠도 별말 안 했어. 아, 방송 무서워…… 카메라가 그렇게 무서운 줄 몰랐어. 하아…….

이전에 촬영했던 명곡의 탄생과는 달리, 이번에는 카메라가 대놓고 자신을 촬영해대니 심장이 움츠러들었다고 했다.

희윤은 잔뜩 움츠러든 친구를 달래느라 한참 동안 진땀을 빼야 했다.

♪ ♩♪♪ ♫♬ ♪♩

"혀어어어어어어어어어어엉!!"

사무실에서 이현지와 이야기를 나누던 강윤은 난데없는 이준열의 난입에 놀라 눈을 동그랗게 떴다.

"준열아. 오랜만이다."

"그래, 오랜만이지. 크으."

이준열은 몸을 가볍게 떨며 강윤과 손을 맞잡았다.

강윤은 이현지에게 잠시 일을 맡기고는 회사를 나섰다.

거리를 걸으며 이준열이 투덜댔다.

"형. 어제 원스 봤어?"

"원스? 아, 소영이하고 나갔던 그거구나? 기사만 봤어. 풋……."

재미있는 장면이 떠올랐는지, 강윤은 웃음을 흘렸다.

그러자 이준열은 눈을 부라렸다.

"아, 진짜! 형까지 왜 그래? 박소 뭐? 암튼 그 애 때문에 내 쿨한 이미지가 개 망했다고."

"쿨은 아닌 것 같다. 굳이 말하면 망나니겠지."

"아, 진짜. 형!"

이준열이 투덜댔지만 강윤은 그의 등을 다독이며 웃었다. 두 사람이 향한 곳은 근처, 룸이 있는 카페였다.

아메리카노 두 잔을 주문하고, 이준열이 웃음을 흘렸다.

"형네 소속사 애들은 참 웃기는 애들이 많단 말이야."

"너야말로 사장 앞에서 참 잘한다."

강윤이 살짝 얼굴을 찡그렸지만, 이준열은 기죽지 않고 멋쩍은 미소를 지었다.

"에이, 우리가 하루 이틀 만나는 사이도 아니고…… 이번에 그 소령이?"

"소영이."

"아무렴 어때. 그 애, 카메라 앞에서 떠는 거 보니까 공포

중 있는 것 같았는데…… 할 말 못할 말은 다 하더라? 이번에 아주 제대로 당했잖아?"

"그래도 노래는 좋았잖아."

"그건…… 그랬지."

강윤의 일격에 이준열은 입술을 우물거렸다.

방송은 코믹했지만 박소영의 편곡은 이준열의 원하는 바를 완벽하게 저격했고, 사람들의 귀도 충분히 만족시켰다.

강윤은 피식 웃으며 어깨를 으쓱였다.

"그래서, 그거 따지려고 쪼르르 달려온 거야?"

"쪼르르라니? 내가 지지배야?"

"지금 하는 행태는 지지배지?"

"아, 진짜. 형."

강윤 앞에서 이준열은 아이와 같았다.

이준열은 투덜대다 고개를 세차게 흔들며 수긍했다.

"……알았어, 알았다고. 그만하면 되잖아. 에이. 아무튼 그 애, 편곡 하나는 끝내주더라. 형이 가르친 거야?"

"소영이가 노력한 거지."

"그 애는 형한테 잘 배워서 그런 거라던데?"

강윤은 피식 웃으며 식어버린 아메리카노를 넘길 뿐이었다.

이준열은 빈 잔을 내려놓으며 말했다.

"그 누구더라? 저번에 나랑 듀엣 했었던 에디오스 그 애

있잖아."

"주연이 말이야?"

"맞아. 그 이름이었을 거야. 그 성깔 더럽던 애."

"……내가 그 애 사장이야, 자식아."

"하하하."

강윤의 타박에 이준열은 크게 웃어버렸다.

소위 개념 없다는 말을 들을 수 있었지만 강윤은 더 이상의 타박은 하지 않았다.

이준열은 웃음을 멈추고 말했다.

"나 조만간 앨범 낼 건데, 그 주연이라는 애하고 듀엣을 하고 싶어."

"앨범?"

"정식 앨범이야. 그래서 부탁을 좀 하고 싶어. 그 애가 성질은 드세도 노래 하나는 끝내줬거든. 나하고 목소리도 가장 잘 맞았고. 형, 어떻게 안 될까?"

"일단 주연이한테 물어보고 이야기해야 할 것 같네. 그런데 정말 괜찮겠어? 너희 작업하면서 엄청 싸웠잖아."

작업을 할 때부터 공연하는 날까지, 물과 기름같이 두 사람은 엄청 싸워댔었다. 결과가 좋았기에 다행이지, 안 그랬으면 최악의 결과가 나왔을 것이다.

강윤은 한주연이 세디와 다시는 작업하고 싶지 않다고 했던 이야기를 똑똑히 기억하고 있었다.

"노래만 잘 나오면 그런 게 문제겠어? 형도 알잖아. 가수가 싸우는 이유가 뭐겠어. 결국 기호 차이잖아."

"그렇긴 하다만…… 알았다. 일단 이야기는 해볼게."

"부탁할게."

강윤이 승낙하자 이준열의 표정이 밝아졌다.

커피숍에서 나온 후, 강윤과 이준열이 천천히 거리를 거닐었다. 거리를 지나는 여자들이 이준열에게 달려와 사인을 요청했다.

"감사합니다!"

여자들은 신이 나서 이준열의 사인을 들고 뛰어갔다.

"인기는 여전하네."

"형. 이게 내 클래스야."

이준열의 콧대가 하늘을 찌를 듯했다.

강윤은 웃으며 이준열의 등을 가볍게 두드리며 말했다.

"목 관리는 잘하고 있지?"

"당연하지. 같은 실수를 두 번 하면 프로가 아니지."

이준열은 당연하다는 얼굴로 강윤의 어깨에 팔을 두르며 사무실로 돌아왔다.

그가 벤을 타고 돌아가고, 강윤은 스튜디오로 내려갔다.

"옷을 갈아입…… 아…… 이게 아닌데."

스튜디오 문을 조용히 여니 안에서 정민아가 보컬 연습에 열을 올리고 있었다.

강윤을 인식하지 못했는지 그녀는 다시 배에 힘을 주고 목소리에 피치를 올려갔다.

"옷을 갈아입~ 아우. 이건 아닌 것 같은데…… 뻗대는 느낌? 뻗대는……."

강윤은 그녀에게 방해되지 않으려고 조용히 뒤에 앉았다.

정민아는 계속 혼잣말을 중얼거리며 계속 같은 소절을 반복해 갔다. 안무 연습을 할 때처럼, 정민아가 선 자리에는 땀이 바닥에 방울지며 떨어졌다.

시간이 얼마나 지났을까.

도저히 안 되겠는지 정민아는 바닥에 주저앉았다.

"아, 못해, 못해! 감이 안 잡혀. 모르겠어…… 하면 할수록 모르겠어. 아으……."

정민아의 어깨가 추욱 늘어졌다.

평소의 자신감이 넘치던 그녀는 온데간데없었다. 그러나 강윤은 함부로 나서지 않고 조용히 그녀를 지켜보았다.

한참이 지나 바닥에 힘없이 앉아있던 정민아는 다시 자리에서 일어났다.

"……하다보면 될 거야. 그래, 누가 이기나 해보자."

정민아는 목소리를 가다듬더니 다시 연습을 시작했다.

'방해하지 말자.'

다시 연습 삼매경에 빠진 그녀의 모습을 보고, 강윤은 조용히 스튜디오 문을 열고 밖으로 나갔다.

사무실로 돌아가기 전, 강윤은 옥상으로 향했다. 그는 주머니에서 구겨진 담배를 꺼내 불을 붙였다.

'민아를 케어할 수 있는 트레이너가 있을까?'

MG에서 수많은 트레이너들을 거친 정민아였지만 실력이 더 이상 늘지 않았다.

다음 에디오스 앨범에서도 이런 식으로 할 수는 없는 노릇.

'일단 찾아보자.'

담배를 끄며, 강윤은 어떤 트레이너를 구해야 할지 고심하기 시작했다.

다음 날.

스튜디오에 모인 에디오스 멤버들은 12월 컴백이 미루어졌다는 이야기를 듣고는 한숨을 쉬었다.

"……하아. 결국 내년이네."

"요새 몸이 간질간질한데…….."

크리스티 안과 에일리 정은 아쉬움을 드러냈고, 서한유도 고개를 흔들며 약간의 불만을 표했다.

강윤은 정민아 때문이라고 이야기하지 않았다.

당사자인 정민아는 고개를 숙이고 있을 뿐이었다.

"미안해. 대신 12월은 방송 스케줄을 잡을 테니까 활동에 힘써주고."

"네에."

"그럼 해산."

에디오스 멤버들이 모두 나갈 때, 정민아는 스튜디오에 남았다.

"……죄송합니다."

정민아는 고개를 들 수가 없었다.

지금까지 이런 민폐를 끼친 적이 있었던가. 다른 멤버들을 똑바로 볼 수조차 없었다.

강윤은 그녀의 등을 다독였다.

"지금은 다른 생각 말고, 소절 완료에 초점을 맞추는 걸로 하자."

"……네."

정민아가 힘없는 뒷모습으로 스튜디오를 나가고, 강윤은 컴퓨터에 앉았다.

'트레이너, 트레이너…….'

강윤은 인맥을 총동원해 정민아에게 적합한 트레이너를 찾기 시작했다.

최찬양 교수부터 추만지 사장, 아는 가수들까지 싹 훑으며 트레이너들에 대한 정보를 수집했다.

그러나 이 바닥이 좁다고, 그 나물에 그 밥이었다. 점심도 거르고 적합한 사람을 찾았지만, 강윤은 트레이너를 찾지 못했다.

'쉽지 않네.'

강윤은 지인과의 통화를 마치고 소파에 몸을 묻었다.

다들 추천하는 트레이너들은 비슷했다. S, 아니면 K.

뛰어난 트레이너였지만, 이미 정민아도 그들의 손을 거친 상태.

다른 사람이 필요했다.

멍하니 천장을 바라보고 있는데, 탁자 위의 핸드폰이 춤을 추었다.

"네, 이강윤입니다."

─이강윤 팀장님? 저 혜선이에요.

"강혜선? 아, 혜선아. 오랜만이다!"

강윤은 소파에서 허리를 꼿꼿이 세웠다.

MG엔터테인먼트 시절, 팀장으로 의뢰를 받았을 때 만난 시즌스의 메인보컬이었다.

─네. 안녕하세요. 아, 이젠 작곡가님이시죠? 아니, 사장님? 어떻게 불러야 하지…….

"편하게 불러도 돼."

─그럼 오빠?

"하하하. 듣기 좋네."

강윤은 반가움에 목소리를 높였다.

시즌스는 강윤의 기획 덕에 유명세를 탔고, 다음 앨범에서 1위를 하는 기염을 토했다. 그 이후, 승승장구를 해서 걸그룹 전국시대에 탑 그룹으로 당당히 이름을 올리고 있었다.

―……오빠 덕에 우리야 승승장구죠.

"너희가 잘했으니까 가능한 거지."

―겸손까지? 솔직히 말해 봐요, 오빠. 오빠 인기 장난 아니죠?

"무슨 말이야? 연장자 놀리면 못 쓴다?"

―……농담 아닌데. 요새 월드 장난 아니잖아요. 오빠, 우리 재계약 시즌 되면 받아줄래요?

"끊는다?"

―에이 알았어요, 알았어.

근황과 장난을 주고받은 후, 강혜선은 전화를 한 용건을 이야기했다.

―흥부 오빠한테 들었어요. 오빠 트레이너 구하신다면서요?

"YHB? 맞아. 흥부 씨는 트레이너는 잘 모른다던데……."

―사실 흥부 오빠가 연락해서 전화한 건데요.

전에 강윤은 EDM의 귀재, 작곡가 유흥부에게 물었지만 그는 트레이너와는 인연이 없다고 이야기했었다. 그런데 그가 시즌스에게 연락을 했었다니…….

강윤의 눈이 반짝였다.

"그래? 어떤 사람이야?"

-그런데 그 선생님, 아니, 언닌데요. 성질이 보통이 아니에요. 유명하지도 않고…… 아, 이거 괜찮을지 모르겠네.

"괜찮아. 어떤 사람인데?"

"……아, 이 언니 정말 쎈데…… 오빠, 나중에 저한테 뭐라고 하지 말아요."

강윤은 알았다며 그녀에게 연락처를 요청했다.

강혜선과의 통화를 마치고, 강윤은 그녀가 남겨준 연락처를 잠시 응시했다.

"이스라……."

정보들을 정리하며 강윤은 할 말들을 생각했다.

'본명은 안시진. 서른다섯이고, 인어스라는 인디에서 활동하고 있다라……. 시즌스나 스위티 등 소위 2군 걸그룹 트레이닝을 했군. 시즌스도 한때는 2군 라인이었으니.'

그렇다면 이해가 갔다.

몸값과 실력은 비례하게 마련이건만…….

정민아의 경우 MG에서 수많은 트레이너들을 거쳐 갔지만 노래는 일정치 이상 끌어올리지 못했다.

'일단 만나보자.'

강윤은 번호를 눌렀다.

곧 신호가 가더니, 툴툴대는 듯한 여자의 목소리가 들려
왔다.

-네, 여보세요?

"안녕하십니까. 안시진 씨 되십니까?"

-맞는데요. 보험, 카드, 차, 핸드폰 같은 거 안 사요.

"……저기."

강윤은 당혹감을 감추고 말을 이어갔다.

"월드엔터테인먼트, 이강윤이라고 합니다. 시즌스 강혜……."

-월드? 잠깐잠깐! 맞다! 이강윤 작곡가님?

"그렇습니다만. 저기……."

강윤이 멍해진 사이 상대방에게서 속사포 같은 말이 터지
기 시작했다.

-혜선이한테 연락받고 내가 그쪽 전화 얼마나 기다린지
알아요. 장장 30분이에요, 30분. 내 시간 어쩔 거예요. 어쩔
거나. 진짜 가슴이 두근두근 했단 말이야. 어쩔 거야. 아, 뛴
다 뛰어. 아 근데근데 진짜 월드예요? 월드, 아이 걔 뭐지뭐
지? 아 이상해.

"……저기, 저기요."

-캬하하하하하하!

한참동안 속사포로 랩을 하던 상대방은 특유의 웃음소리
를 내뱉었다.

강윤은 처음에는 당황했지만, 수많은 개성파 연예인들을 상대해온 경험으로 곧 마음을 진정시킬 수 있었다.

"······안시진 씨, 맞으십니까?"

─네, 맞아요. 맞아. 이강윤 작곡가님? 꺄아! 진짜 월드네. 월드! 꼭 만나고 싶었는데······.

상대방의 수다는 그칠 줄 몰랐다.

좀 더 시간이 지나 간신히 대화할 분위기가 조성이 되자 강윤은 용건을 이야기했다.

"······트레이닝 건으로 의뢰할 것이 있어서 연락드렸습니다."

─아, 네. 혜선이한테 이야기 들었어요. 가수 트레이닝이라고······.

"네. 일단 만나 뵙고 이야기했으면 합니다."

─네. 제가 거기로 갈게요. 지금 가도 괜찮을까요?

강윤이 승낙하자 그녀는 30분 안에 간다며 전화를 끊었다. 짧은 통화였지만 급격한 피로를 느낀 강윤은 고개를 흔들며 사무실로 올라갔다.

"네네, 장소가······."

"네? 하지만······."

그가 없어도 사무실은 활기차게 돌아가고 있었다.

이현지의 지시 하에 직원들은 스케줄을 비롯해 연예인의 일거수일투족을 챙기고 있었고 앞으로의 기획들도 세세히 검토하고 있었다.

직원들이 늘어 좀 더 사무실은 여유가 있었다.

강윤이 피로한 얼굴로 자리에 앉자 이현지가 걱정스레 물었다.

"사장님, 피곤해 보이는군요. 무슨 일 있나요?"

"……별일 아닙니다. 모처럼 특이한 사람을 만나서……."

"특이한 사람?"

궁금했는지 이현지가 더 물었지만 강윤은 웃을 뿐 자세한 이야기는 하지 않았다. 이후 강윤은 에디오스 차기 앨범 연기에 따른 일들을 지시하고는 다시 스튜디오로 내려갔다.

얼마 지나지 않아 눈꼬리가 치켜 올라간 마른 체형의 여성이 스튜디오 문을 열고 모습을 드러냈다.

"……그냥 특례 받아서 갈 걸 그랬나 봐요."

강기준이 운전하는 차 안에서, 민진서는 뒷좌석에 앉아 툴툴댔다. 간간히 내리는 비 탓에 강기준은 와이퍼를 켜며 피식 웃었다.

"그래? 그렇다면 지금이라도 해줄 수 있는데."

그러자 민진서는 고운 얼굴을 찌푸렸다.

"……농담도 못 하나요?"

빗길을 헤치는 차 안은 강기준의 웃음소리로 가득 찼다.

그들이 탄 차는 금방 학원에 도착했다. 수능이 끝난 학원에서 하는 일은 두 가지였다.

첫 번째는 수능 가채점 점수로 적합한 대학을 찾는 것이었고, 두 번째는 논술과 면접을 준비하는 것이었다.

특례입학을 포기한 민진서도 다른 학생들과 마찬가지로 똑같이 준비를 해야 했다.

"무슨 배치표 점수가 이래!"

지윤선은 가채점 성적과 대학별로 나온 점수별 배치표를 보며 진한 한숨을 내쉬었다. 원하는 대학교 성적에는 모자랐고, 다른 대학에는 차고도 넘치는, 애매한 성적이었다.

"원서 어디에 넣을 거야?"

"U대학 경영학과에 넣고 싶은데, 점수가 모자라."

"저런……."

U대학의 경영학과는 전국에서도 손에 꼽을 만큼 알아줬다.

"진서야, 너는?"

"난 K대."

"아, 거기 연극영화과? 음악은 한려예술대학이고, 연극영화과는 K대가 알아주지? 선배들도 많고."

이미 민진서의 생각은 확고했다. 이제 남은 건 원서를 넣고, 실기에 대비하는 것이었다.

지윤선도 경영학이라는 전공을 정했으니 남은 건 면접에 대비하는 것뿐이었다.

그때, 지윤선이 뭔가가 생각났는지 손가락을 튕겼다.

"나도 K대에 원서 넣어볼까?"

"진짜? K대 경영학과도 괜찮다고 들었어."

"그러면…… 우리 같은 학교 다니는 거?"

"그랬으면 좋겠다."

배치표에 큼지막하게 표시하며, 두 여인의 수다는 웃음을 더해 갔다.

안시진은 마른 체형에 눈꼬리가 올라간 날선 인상의 여인 이었다.

'까칠한 인상이군.'

여자들이 좋아할 만한 쎈 여자.

맞은편에 앉은 여인을 보며 강윤이 느낀 인상은 그랬다.

그래도 이야기를 해보기 전까지 어떤 사람인 지 알 수 없는 법. 강윤은 안시진과 이야기를 하며 정민아를 맡길 만한 사람인지 파악에 나섰다.

"……좋은 음을 내기 위해서는 정확한 음의 이미지를 그려야 하죠. 그렇지 않으면 음정이 일그러지기 십상이죠."

"맞습니다. 음이 플랫이 되는 사람들은 음의 이미지를 그리지 못해서 그러는 경우가 많습니다. 민아가 음의 기준이 없기 때문이라고 생각하시는 건가요?"

강윤의 질문에 안시진은 고개를 끄덕였다.

"없다기보다, 애매한 것 같네요. 자세한 건 만나봐야 알겠지만…… 녹음본을 들어보면 그런 것 같네요."

"음의 시작과 마무리가 제대로 되지 않은 문제라고 봤습니다만."

강윤의 말에 안시진은 고개를 끄덕였다.

"제 말이 그거예요. 맞아요! 역시! 뮤즈!"

"……저기, 시진 씨."

"정민아는 처음과 마지막이 문제예요. 처음 음과 마지막이 플랫이 돼버려요. 시작 부분에선 호흡이 새어 나가 마지막엔 호흡이 부족하죠. 그게 전체를 불안하게 해요."

"……알겠습니다."

강윤의 눈빛에 날이 섰다.

"그럼 우리 민아를 바꿀 수 있겠습니까?"

이미 수많은 트레이너를 거쳐 간 가수의 습관을 바꿀 수 있을까?

운동선수가 잘못된 습관을 바꾸기 어려운 것같이, 가수의 습관도 하루아침에 바꾸는 건 정말 어려운 일이다.

그러나 안시진은 활짝 웃었다.

"불가능하다면 오지도 않았겠죠?"

"······."

자신감 넘치는 태도. 알려진 경력도 없건만, 이상하게 자신감이 넘쳤다.

'경력으로 모든 걸 판단할 수는 없는 거지.'

이야기를 나눠보니 어설픈 지식은 아니었다.

일단 강윤은 수락하며 연습하는 모습을 지켜보기로 마음 먹었다.

"알겠습니다. 부탁드립니다."

"만족하실 거예요."

말은 그렇게 했지만, 안시진은 강윤이 의외라는 듯 바라보았다.

이 바닥은 경력도 무척 중요했다. 거기에 정민아라면 잘나가는 가수. 그런 가수의 트레이닝을 맡기다니······.

그런 마음을 아는지 모르는지 강윤은 자리에서 일어나며 답했다.

"어려운 일 있으시면 말씀하십시오."

"네."

바로 다음 날부터 정민아의 트레이닝이 시작되었다.

정민아는 보컬 트레이너까지 붙자 더더욱 마음을 단단히 먹었는지 눈빛부터가 달랐다. 트레이너가 붙자 기존 곡만을 끌어올려 보려던 수준의 연습이 완전히 달라졌다.

"아닌 것 같아도~"

"입에 힘 빼고!"

"네!"

정민아의 연습 광경을 보던 강윤은 정민아에게서 나오는 음표들을 보며 의아한 생각이 들었다.

'예전에는 음표가 항상 일정하게 보였는데…….'

눈을 비비고 보았지만 정민아에게서 나오는 음표들이 리듬과 음정에 따라 다르게 보이고 있었다. 신기한 건 안시진이 정민아를 다그치는 부분에서 음표가 일그러지거나 모양이 이상했다. 그리고 그 음표들이 섞이면 회색빛이 일렁이곤 했다. 회색으로 인한 감정을 다스리며 강윤은 연습을 지켜보았다.

"멍청하게. 같은 이야기를 몇 번 해야 해? '아닌 것' 할 때 말이야, 것 발음할 때 입하고 혀에 힘이 들어가지?"

"……네."

"거기 힘이 들어가거나 긴장하면 목을 조이게 돼서 성대가 힘들어. 자자. 턱을……."

안시진은 정민아의 턱을 강제로 잡고 몇 번을 흔들었다.

힘을 빼라는 제스처였다.

정민아의 눈썹이 일그러졌지만, 앞에 강윤이 있기에 참았다.

"하아. 다시."

연습이 시작되었지만, 정민아는 몇 번이나 같은 실수를 반복했다. 안시진은 잔소리로 맹공을 퍼부었고 정민아는 가늘게 몸을 떨며 연습에 몰입했다.

'시진 씨의 연습방식이 거칠긴 하군.'

연습광경을 보니 왜 저 트레이너를 사람들이 쓰지 않는지 알 것 같았다.

하지만 강윤의 눈에는 음표가 조금씩 교정되는 것이 눈에 들어왔다.

그러나 안시진에게서는 거친 언동이 계속되었다.

"호흡, 호흡! 야! 가볍게 기다려야 한다고. 아, 진짜!"

"……."

하나를 해결했더니 또 다른 걸…….

연습에 들어가니 안시진의 입은 무척 걸걸했다. 바보는 기본이요, 야자는 당연했고 말미잘, 멍개 등등…….

참고 참다 더 이상 참을 수 없었는지 정민아의 눈이 확 치켜 올라갔다.

"……저기요."

그때, 소파에 앉아 있던 강윤이 자리에서 일어났다.

"시진 씨. 잠깐 쉬었다 하지요. 민아야. 옥상에서 우리 이
야기 좀 할까?"

"잠깐만요. 아저…….'"

"민아야."

정민아가 강윤의 단호한 모습을 당할 수 있을 리 없었다.
그녀는 입술을 꽉 깨물더니 결국 스튜디오를 박차고 옥상으
로 올라가 버렸다.

"……재, 왜 저래요? 연습이 많이 힘들었나?"

안시진이 무슨 이유인지 몰라 고개를 갸웃대자, 강윤이 차
분한 어조로 이야기했다.

"시진 씨."

"이스."

"……잠깐 이야기 좀 하지요."

순간, 안시진은 주춤했다.

강윤은 안시진에게 자리를 권하고는 진지하게 이야기했다.

"너 바보야? 그것도 못해? 병신. 머저리."

"잠깐만요. 갑자기 저한테 왜…….'"

"민아에게 그런 말은 하지 말아주십시오."

그녀는 멍해졌다. 사실, 강윤이 진지하게 이야기하자고 할
때, '이렇게 잘리는구나'라고 생각했었다.

그런데 이게 무슨 말인지.

"연습을 못할 때 뭐라고 하는 건 당연합니다. 하지만 모욕적인 말은 하지 말아주셨으면 하네요. 자존심이 쎈 녀석이라……."

"……."

"그것 외에는 괜찮습니다. 민아의 사장으로서 잘 부탁드립니다."

안시진은 강윤이 고개를 숙인 모습이 정말 무섭게 느껴졌다. 자기도 모르게 그녀는 고개를 끄덕였다.

"……아, 알았어요."

"감사합니다. 필요한 것이 있다면 말씀해 주십시오."

강윤이 스튜디오를 나서자, 그녀는 그제야 안도의 한숨을 내쉬었다.

"후아…… 뭐야, 저 사람? 무섭잖아?"

강윤이 옥상에 들어서니 정민아가 아직도 분한지 몸을 부르르 떨고 있었다.

"민아야."

"아저씨!"

정민아는 강윤을 보자마자 소리를 질렀다.

"저 아줌마 뭐예요? 뭐 저런 사람이…… 이상해요!"

"민아야."

"진짜진짜! 사람을 등신 찐따로 보는 것도 아니고! 아니, 지가 뭔데? 쪼다? 병신? 아, 진짜…… 노래 못하는 게 죄라도 되는 거예요?!"

정민아는 분한지 강윤을 붙잡고 소리를 질렀다.

강윤은 그녀의 분 섞인 말을 한참 동안 들어주고는 등을 토닥였다.

그녀의 들썩임이 잦아들었을 때, 강윤은 입을 열었다.

"그래서 효과가 없었어?"

"그건……."

정민아는 멈칫했다.

첫날이었건만, 다른 트레이너에게 없던 것이 안시진에게는 있었다. 심한 긴장 탓인지는 몰랐지만 안시진의 몰아붙임은 그녀를 빠르게 움직이게 만들었고, 보컬에 대한 감각을 붙들게 했다.

"시진 씨도 아까처럼 심한 말은 하지 않을 거야. 좀 더 잘했으면 하는 마음에 그랬다고 하니까."

"……그런 모욕적인 말은 듣고 싶지 않아요."

"이젠 안 그럴 거야. 대신 너도 최선을 다해야 해. 알았지?"

"……알겠습니다."

강윤은 그녀에게 머리를 식히고 오라며 먼저 돌아섰다.

햇살에 비치는 그의 넓은 어깨를 보며, 정민아는 순간 끌어안고 싶은 충동을 느꼈지만 간신히 참아 넘겼다.

'후읍! 확 안아버리고…… 헉! 내가 지금 무슨 생각을……!'

정민아는 고개를 세차게 흔들고는 잡념을 날려 버렸다.

잠시 후.

그녀는 다시 스튜디오로 내려갔다.

"······."

"······."

두 여인 사이에 어색한 침묵이 흘렀다.

그러나 자연스럽게 정민아가 목소리를 가다듬자 안시진은 그녀의 자세를 바로잡아 주었다.

"이번에는 잘할 수 있죠?"

"네."

"처음이 중요해요. 중간은 잘 하니까. 일단 이 고비부터 넘겨봅시다."

다시 연습이 시작되었다.

'나아지고 있군.'

정민아에게서 나오는 음표들이 조금씩 안정되어 가고 있었다. 강윤은 정민아에게 엄지손가락을 들어 칭찬을 날렸다.

'훗.'

정민아도 강윤에게 윙크를 날리며 화답했다.

"집중, 집중! 목에 또 힘들어간다!"

그러나 귀신같은 안시진에게 들켜 혼쭐이 나고 마니, 강윤은 쿡쿡 소리를 내고 웃었다.

미국 LA에 위치한 캐리 클라우디아의 작은 연습실.

수십 명의 남녀와 함께 최종 안무를 맞추고 있던 캐리 클라우디아에게 손님이 찾아왔다.

"오, 주아!"

그녀는 자신보다 한참이나 작은 동양인 여성을 반갑게 맞아주었다.

"캐리!"

동양인 여성, 주아도 캐리 클라우디아의 손을 꼭 잡으며 반가움을 표했다.

"잠깐 쉬었다 갈까요?"

그녀의 말에 연습이 잠시 중단되고, 곧 매니저가 그녀에게 차가운 물을 가져다주었다.

캐리 클라우디아는 호탕하게 500㎖의 물을 단번에 마셔버리고는 주아에게로 눈을 돌렸다.

"미국엔 무슨 일로 왔어? 그때 이후로 당분간 여기서 활동은 안 한다고 하지 않았어?"

"후배들 공연 보려고 잠시 들렀어요. 기왕 왔는데 캐리 얼굴도 안 보고 갈 수도 없고……."

"어이구? 잘했어."

캐리 클라우디아는 주아의 어깨에 팔을 둘렀다.

마치 남자 같은 제스처였지만 익숙한 주아는 웃으며 받아들였다. 지난 1달 동안의 공연 이후, 두 사람은 누구보다도 친밀해져 어느덧 마음을 나누는 사이로 발전했다.

캐리 크라우디아의 매니저가 내온 커피를 마시며 주아는 물었다.

"캐리, 이번에도 제미스 어워드에 초청받으셨죠?"

"당연하지."

"벌써 몇 번째예요? 축하해요."

주아가 그녀답지 않게 호들갑을 떨었지만 캐리는 덤덤했다.

제미스 어워드는 세계 최고의 뮤직 어워드.

누군가에겐 영광인 그곳을 그녀는 당연하게 여기는 걸까?

그녀가 너무 반응이 없자 주아는 무안해져 어색하게 웃었다.

"캐, 캐리?"

"미안. 생각할 게 있어서."

"무슨 고민 있어요?"

캐리 클라우디아는 잠시 눈을 껌뻑이다 난감한 얼굴로 말했다.

"별건 아냐. 제미스에서 어떤 공연을 해야 하나 생각하던 중이었어."

"……별거 맞는 것 같은데요?"

주아가 뚱한 표정을 짓자 캐리 클라우디아는 어깨를 으쓱였다.

"괜찮아. 때가 되면 다 되니까. 항상 그랬거든."

"……그래요?"

"물론. 나하고 일하고 싶은 사람들이 줄을 섰거든. 왜? 혹시 좋은 프로듀서라도 있어?"

당당한 눈빛과 말투와는 달리 그녀는 조금 조급해 보였다.

주아는 그녀가 뭔가 골머리를 썩고 있다는 걸 눈치챘다.

"프로듀서? 저도 명색이 가순데…… 같이 일했던 분들이야 있죠. 필요해요?"

"아니. 에이, 내가 무슨 말이래. 잊어버려."

캐리 클라우디아는 고개를 절레절레 흔들었다. 제스처는 괜찮다지만, 눈빛은 뭔가가 필요하다는 이중적인 모습이었다.

그 모습이 마치 사람 기근에 시달리던 자신의 모습 같아 주아는 가만히 있을 수가 없었다.

"정말 괜찮은 사람이 한 명 있기는 해요."

"괜찮다니까. 에이. 연습이나 해야겠다."

캐리 클라우디아는 재미없다는 표정으로 자리에서 일어났다. 이만 가보라는 축객령이었다.

그러나 주아는 결심했는지 단호한 표정으로 말을 이어

갔다.

"지금까지 한 번도 실패한 적이 없는 프로듀서예요. 뭐라고 해야 하지? 플래너?"

평소라면 짜증을 냈겠지만 'Not to Fail(실패가 없는)'이라는 말이 그녀의 마음을 움직였다.

"흐음. 재미있네. 실패를 안 해? 그런 사람이 어디 있어? 말이 돼?"

어조는 시비조였지만, 그녀는 주아에게서 'Not to Fail'의 신상을 캐고 있었다.

"정민아! 호흡은 가볍게 기다리라고 했잖아!"

"기다렸거든요!"

스튜디오는 앙칼진 소리들이 터져 나오고 있었다.

안시진은 정민아의 군살 없는 복부를 꾹꾹 누르며 힘을 빼라고 난리였고, 정민아는 얼마나 더 해야 하는지를 물으며 괴롭다고 난리였다.

그러나 이상하게 살벌하진 않았다. 피치가 너무 올라갔다 싶으면 둘 중 한 사람은 적당히 수위를 조절했다.

싸우면서 정도 든다고, 어느새…….

"언니 눈에 팬더 있는 줄."

"너 볼따구에 심술보 터질 듯."

"시, 심술보? 나 브이라인 쩔거든요?"

"내 눈이 어디 봐서 팬더냐? 화장도 몰라?"

……물론 친해져도 시끄러운 건 변함없었다.

강윤은 처음 두 사람에게 주의를 준 이후로 더 이상 아무
말도 하지 않았다.

처음에 스튜디오에 내려온 이후로 며칠 동안 내려오지도
않는 강윤이 안시진은 신기할 따름이었다.

'민아 얘 혹시 미운털 박혔나?'

궁금하면 참을 수 없었다.

그래서 물었다.

"민아야."

"왜요?"

"너 사장한테 찍혔냐?"

돌직구에는 당연히 돌직구가 날아오게 마련이다.

"뭐라는 거? 우리 아저씨가 뭐라고요?"

"……아니면 말지 왜 성질이래? 너 언니한테 버릇이 없다?"

"누가 그런 식으로 말하래요?"

욱하는 정민아의 모습에 반발하기는 했지만 안시진은 움
찔했다.

잠시 말문을 닫았다가 그녀는 입을 열었다.

"……그래, 미안하다. 미안해."

"네."

"……."

그때, 꽁하는 소리와 함께 정민아가 눈을 찌푸리며 시선을 뒤로 돌렸다.

"아, 아저…… 사장님."

"선생님한테 무슨 말버릇이야?"

"우으. 그건……."

"……."

그녀들의 뒤에 강윤이 있었다.

결국 정민아는 강윤의 등살에 못 이겨 안시진에게 머리를 숙여야 했다.

그 모습을 본 후, 강윤은 다시 안시진에게로 시선을 돌렸다.

"모레, 녹음을 했으면 합니다."

"모, 모레요?"

정민아가 놀라 눈을 휘둥그레 떴지만, 안시진은 당연하다는 듯 고개를 끄덕였다.

"될 것 같네요. 정리만 하면 되거든요."

말도 안 된다며 정민아가 펄펄뛰었다.

"저기, 언니. 저 지금까지 시작, 마무리, 시작, 마무리 이 것밖에 안 했는데요? 그런데 뭘 한다고요?"

"모자란 게 그거였는데 그것만 하면 되지."

"네에?"

정민아가 기겁했지만, 안시진은 태연하게 강윤에게 말했다.

"지금까지와는 많이 다를 거예요. 기대하셔도 될 듯해요."

"알겠습니다. 지금 안 들어봐도 되겠습니까?"

"마음대로."

강윤은 자신감 넘치는 그녀의 태도에 의심하지 않고 돌아섰다.

"그럼 부탁드립니다."

강윤이 나가고, 정민아는 부르르 떨리는 팔로 안시진의 어깨를 꽉 잡았다.

"언니! 지금 장난해요? 모레까지 뭘 어떻게 하라는 거예요?!"

"……정말 못할 거라고 생각해?"

"지금까지는 기미가 안 보여서 이러는 것 아니에요?"

그러자 안시진은 그녀의 팔을 휙 치우며 눈을 차갑게 치켜 떴다.

"민아, 너 사장님이랑 몇 년 일했지?"

"일한 햇수요? 연습생 때부터니까…… 아니, 중간에 공백이 있긴 하지만…… 아무튼 3년?"

"그런데도 몰라? 저 작곡가님 스타일?"

"네?"

안시진은 고개를 절레절레 흔들었다.

"정말 불가능하다면 시키지도 않았을 걸?"

"그건…… 그렇지만."

불가능해 보이는 일도 생각해보니 가능했다.

강윤이 한 일들은 모두 그랬다.

그걸 안시진은 단시간에 파악했단 말인가?

정민아는 순간 우물쭈물했다.

"됐고, 다시 서봐. 시간 맞추려면 빡셀 것 같으니까."

"……."

결국 부들부들 떨다가, 정민아는 다시 연습에 몰두해야 했다.

♪♩♪♩♪♩♪♩♪♪

스튜디오를 나선 강윤은 차를 타고 DLE 방송국으로 향했다. 미리 방송국에 이야기를 해두었기에 DLE 방송국에서 임시 출입증을 발급받아 세트촬영장 안으로 들어갈 수 있었다.

"우리 친구들, 오늘 하루도 즐거웠나요?"

"케라 친구들! 엄마아빠 어깨가 무거워 보여요. 우리 친구들이 어떻게 해야 할까요?"

방송인 타요와 함께 에일리 정은 동물 탈을 쓰고 녹화에 열중하고 있었다.

수많은 카메라 앞에서 에일리 정은 오글오글한 모션도 익숙하게 취했다.

'잘하네.'

강윤은 녹화에 열중하는 에일리 정을 보며 흐뭇한 미소를 지었다. 그녀의 선한 미소 한방이면 우는 아이들도 웃으며 울음을 그치곤 했다.

그 덕분일까?

이미 초등학생들 사이에서 타요와 함께 가장 인지도 높은 연예인 중 한 명이었다.

"사장님, 오셨습니까?"

에일리와 함께 나온 매니저는 강윤을 보자 고개를 깊이 숙였다. 강윤은 손을 들어 인사하고는 이곳은 자신에게 맡기라며 다른 곳으로 가달라고 부탁했다.

어차피 에일리 정은 다른 스케줄이 없어 숙소로 돌아가면 끝이었다. 매니저와 코디네이터가 먼저 돌아가고 얼마 지나지 않아 촬영이 모두 끝이 났다.

에일리 정은 매니저는 온데간데없어지고 그 자리에 강윤이 있자 눈이 휘둥그레졌다.

"사장님!"

"수고했어."

강윤은 미리 준비해 온 코코넛 음료를 그녀에게 건넸다.

"감사합니다."

에일리 정은 빨대 탓에 볼을 홀쭉이며 편안히 웃음 지었다.

강윤에게 받은 코코넛 음료는 멤버들 중 그녀밖에 먹지 않는 흔치 않은 음료수였다.

스태프들에게 모두 인사를 하고, 두 사람은 차에 올랐다.

강윤이 온 탓에 에일리 정은 직감적으로 뭔가를 느꼈다.

차를 타고 주차장을 나서는 길이었다.

"오늘 중요한 일 있나요?"

"응. 오늘 안무가 면접 있거든. 네가 필요해."

"안무가 면접? 저요?"

에일리 정은 의아함을 느꼈다.

"그렇다면 민아가 더 낫지 않을까요? 혹시 보컬 연습 때문이에요?"

"그것도 있지만 네가 에디오스에 필요한 안무가를 가장 잘 알아볼 것 같아서."

"제가요?"

무슨 말인지 그녀는 이해하기 힘들었다. 멤버들 중 춤은 자신이 최악이건만…….

"차라리 한유나 아니면 리스가 더…….."

"애들 중 네가 가장 균형 있는 생각을 할 줄 알거든."

강윤은 더 말을 하지 않았다.

에일리 정은 손가락만 꼬물거릴 뿐, 아무 말도 할 수 없었다.

'으아앙. 자신 없는데. 괜히 혼나는 거 아냐? 애들한테도, 사장님도…….'

하지만 그녀의 걱정하는 마음과는 무관하게 차는 목적지, 루나스에 도착했다.

면접 장소는 루나스 4층에 마련된 안무 연습실이었다. 이미 직원들이 면접을 볼 수 있게 세팅을 마쳐놨고 면접을 볼 다른 사람도 이미 먼저 와 기다리고 있었다.

"어머? 에일리?"

"아, 안녕하세요, 이사 언니."

이현지는 이곳에서 에일리 정을 볼 줄은 생각 못 했는지 의아한 눈으로 강윤을 바라보았다.

"준비하죠."

그러나 강윤은 아무렇지도 않은 듯, 가운데에 앉아 면접을 준비하기 시작했다.

'아! 역시 내가 있을 곳이 아닌가 봐!!'

에일리 정이 안절부절못하며 서성일 때, 이현지도 강윤의 옆에 앉아 탁자 위에 놓인 서류를 읽기 시작했다.

"에일리. 뭐해요? 서류 안 보고."

"네?"

"미리 준비하는 건 기본 중의 기본이야."

"네!"

발을 구르던 에일리 정은 이현지의 일침에 정신이 번쩍 났는지, 강윤의 옆에 앉아 서류를 빠르게 읽기 시작했다.

'원투 안무가 출신에 댄스학원을 운영 중에 있고…….'

에일리는 경력 위주로 이력서들을 검토해 갔다.

그때 강윤이 말했다.

"자기소개서를 보고 질문할 것을 생각해 봤으면 좋겠어."

"네? 자기소개서요?"

"그 사람이 어떻게 살았는지, 어떤 일이 있었는지. 에일리 너라면 에디오스 성향에 딱 맞는 안무가를 찾을 수 있을 것 같아."

"……."

에일리 정은 의아하다는 생각마저 들었다.

강윤은 왜 이렇게까지 자신을 믿는다는 어조로 이야기하는 걸까? 자신의 어떤 모습을 보고? 소심하고, 조용하고 말도 없는…….

그녀는 강윤이 형광펜으로 중요한 부분을 체크하는 것을 보며 이력서에 체크하기 시작했다.

2시간 후.

안무가 면접이 시작되었다.

연습생 선발은 신비주의를 고수했지만 이번 안무가 선발은 공개채용이었기에, 수많은 사람들이 이력서를 냈다.

덕분에 괜찮은 사람들을 골라내느라 이현지는 많은 고생을 해야 했다.

그렇게 오늘 면접에 임하는 사람은 3명.

남자 1명과 2명의 여자였다.

사람 숫자가 적었기에, 1명씩 개별적으로 면접을 진행했다.

"걸그룹 '시코타'의 안무를 기획하셨다 들었습니다."

"네. 맞습니다."

강윤은 이력서에서 눈을 떼고 여성 안무가와 눈을 마주쳤다.

"시코타의 타이틀 곡, '그랜드'의 포인트 안무는 허리와 가슴을 부각시피며 외투를 여는 동작이었죠."

"네, 오픈 춤이라는 포인트 안무입니다."

"좋은 춤이었습니다. 하지만 대중적인 반응이 좋지 않았습니다. 유감스럽게도……."

후벼 파는 질문이었다. 여성 안무가도 침통한 표정을 감추지 못했다.

"전 그 원인 중 하나로 포인트 안무가 대중의 이목을 끌지 못했다는 점도 있다고 생각합니다. 이 안무를……."

"잠깐만요."

강윤이 자존심을 긁으니 대번에 여성 안무가의 표정이 일

변했다.

"흥행 실패가 안무에 있다니. 그건 아니라고 생각합니다. 허, 월드가 이런 곳이라니! 실망이네요. 전 이만 가보겠습니다."

강윤을 잡아먹을 듯 노려보며 그녀는 문을 쾅 닫고 나가 버렸다.

이현지는 짧게 한숨을 쉬며 강윤을 바라보았다.

"사장님. 조금 심한 질문 아니었나요?"

그러나 강윤은 고개를 절레절레 흔들었다.

"당연히 심한 질문입니다. 자존심을 긁었으니까요. 거기에 실패 원인이 한 가지도 아니죠."

"그런데 왜……."

옆에 앉은 에일리 정마저 의아하게 바라보자 강윤은 차분히 설명해 주었다.

"안무가는 필히 에디오스하고 충돌이 잦을 수밖에 없어. 특히 민아하고 얼마나 충돌이 잦을지…… 매번 내가 조율할 수도 없어. 저 안무가는 실력은 괜찮았지만, 멘탈이 약해. 저래서는 오래 버티지 못할 거야. 시코타 매니저 강상열 씨를 통해 들어보니까 독불장군이라고 하더라고. 우리는 모두가 협의하고 의논하는 방식을 원하는데…… 그래도 실력이 괜찮아서 한 번 만나보고 결정하려 했다만……."

강윤은 한숨을 내쉬었다.

면접은 계속 이어졌다.

다음은 남자 차례였다. 강윤이 조금 전과 같은 식으로 압박을 하자, 남자 안무가는 차분히 답을 이어갔다.

"……그때는 실패를 했지만 그 실패가 밑거름이 되었다고 생각합니다. 그리고 제가 실패만 한 것도 아니고…… 월드에서도 저의 가능성을 봤기 때문에 이 자리에 제가 있을 수 있다고 생각합니다."

강윤과 이현지는 고개를 끄덕였다. 이 정도 답변이면 만족한다는 뜻이었다.

마지막으로 이력서를 주욱 읽던 에일리 정이 말했다.

"저…… 그……."

사실상 처음 하는 질문이었다.

긴장이 넘치는 자리에서 그녀의 더듬는 어조는 피식 웃음이 새어 나오게 만들었다.

「편하게 해.」

강윤은 쪽지를 적어 그녀에게 내밀었고, 그제야 그녀는 긴 심호흡을 하며 가슴을 쓸어내렸다.

"춤을 못 추는 멤버가 있어요. 반면 춤을 잘 추는 멤버도 있고요. 그건 어느 그룹이나 마찬가지죠."

"그렇습니다."

"그렇다면 수준을 어디에 맞춰주실 건가요?"

굉장히 어려운 질문이었다.

남자 안무가는 고심했고, 강윤과 이현지도 흥미롭게 답을 기다렸다.

"……생각할 시간을 주시겠습니까?"

당락을 좌우할 질문이라는 걸 알았는지, 남자는 신중했다.

강윤이 허락하자 남자는 조용히 눈을 감았다.

생각에 잠긴 남자를 보고 에일리 정은 강윤의 책상을 손가락으로 가볍게 두드렸다. 그리고 강윤의 귀에 대고 아주 작은 목소리로 속삭였다.

"저기…… 사장님."

"왜 그러니?"

"저…… 제가 너무 어려운 걸 물어본 건가요?"

그녀가 소심한 마음을 숨기지 못한 채 안절부절못하자, 강윤은 괜찮다며 그녀를 다독였다.

"잘했어. 너희하고 민아의 갭을 생각해서 한 질문이잖아."

"그, 그건 맞지만……."

"너희는 나와 다른 관점에서 문제를 볼 수 있어. 편안하게 네 생각을 이야기해 주면 된다. 떨지 말고. 알았지?"

강윤의 격려를 듣고서야 에일리 정의 입가에 작은 미소가

드러났다.

한편, 생각을 마친 남자가 입술을 야무지게 다물고는 답변을 시작했다.

"전 가장 잘하는 멤버의 수준에 맞춰 안무를 구상해야 한다고 생각합니다."

"이유는요?"

조금 전과는 달리 에일리 정의 목소리에서 떨림이 사라졌다.

그녀의 눈에 힘까지 들어가자, 옆에서 보고 있던 이현지는 작게 풋 소리까지 냈다.

그걸 알아채지 못한 남자는 에일리 정과 눈을 맞추며 답변을 이어갔다.

"지금은 걸그룹 전성시대입니다. 전성시대를 연 에디오스와 다이아틴을 비롯해 그 뒤를 추격하는 윙클에 수많은 걸그룹까지…… 2년 사이 100개가 넘는 걸그룹들이 나타나고, 사라졌습니다. 전 지금까지 살아남은 걸그룹들을 분석해 봤습니다."

남자는 심호흡을 했다.

여기부터가 중요했다.

"살아남은 걸그룹들은 하나같이 개성이 있었습니다. 개성. 전 이걸 보여줄 수 있는 가장 좋은 것이 화려한 퍼포먼스

라고 생각합니다. 4년 전만 해도 군무에서 에디오스를 따라
올 그룹이 없었습니다만, 이제는 다릅니다. 사람들은 그동안
수많은 걸그룹들을 접하면서 눈이 높아졌고, 걸그룹의 실력
도 수직상승했습니다. 에디오스도 빠르게 대응해야 한다고
생각합니다. 그러기에 전 가장 뛰어난 멤버, 민아 씨의 실력
에 맞춰 안무를 구상해야 한다고 생각합니다."

남자의 답변이 끝났다.

강윤이 마지막으로 할 말을 물었다. 그러자 남자는 에디오
스와 함께 최고의 안무를 만들어보고 싶다는 말로 면접을 마
무리했다.

남자가 나가고, 에일리 정이 짧게 한숨을 쉬었다.

"민아 수준으로 안무를 맞춘다면 그 비보잉 하던 오빠도
있어요."

에일리 정은 마음에 안 드는지 고개를 흔들었다.

그러나 이현지는 그녀와 생각이 다른 듯했다.

"춤의 장르가 비보잉만 있는 건 아니잖아. 그리고 모두가
민아 정도로 할 수 있게 된다면 좋지 않을까?"

"이사 언니. 민아는 타고 났어요. 우리 중에서는 한유가
그나마 나은데…… 그것도 민아가 맞춰주고 있어요."

현장과 책상의 차이는 컸다.

이현지는 수긍하며 다시 이력서로 눈을 돌렸다.

무대에 서는 이는 에디오스였다. 그들만큼 안무에 대해 잘 아는 이들이 있을 리 없었다.

이어 남은 여자가 면접을 볼 차례가 되었다. 그녀의 스펙은 앞서 면접을 본 남자와 크게 다르지 않았다. 심지어 말하는 것, 행동까지 크게 차이가 나지 않았다.

그녀를 대하며 앞의 남자도 괜찮다고 생각한 강윤과 이현지는 고민에 빠져들었다.

그런 두 사람에게 해결사가 된 이는 에일리 정이었다.

"안무가님은 안무 수준을 잘하는 멤버에 놓으시나요, 아니면 못하는 멤버에 놓으시나요?"

조금 전, 남자에게 했던 것과 같은 질문이었다.

여자도 매우 중요한 질문이라는 걸 알았는지 잠시 생각해보겠다며 시간을 요청했다.

잠시 후, 그녀가 입을 열었다.

"전 팀의 평균을 고려해 안무를 짜겠습니다."

"이유는요?"

그녀는 단호하게 답했다.

"단체 군무는 호흡이 매우 중요합니다. 아무리 화려한 군무라도 호흡이 흐트러지면 선이 틀어지고 엉망이 되게 마련입니다. 에디오스를 분석해보니 화려함에서는 민아 씨가 가장 낮지만 선에서는 한유 씨가 가장 보기 좋았어요. 제가 안무를 짠다면 전 한유 씨를 생각하며 안무를 구상할 것 같네요. 모두가 평균을 맞추고, 그걸 끌어올린다. 그게 제가 생각한 방식입니다."

에일리 정은 그녀의 답변에 고개를 끄덕이며 그윽한 미소를 지었다. 그녀는 잘 부탁한다는 마지막 말을 남기며 면접을 마무리 지었다.

"후아~"

면접이 끝나자마자 에일리 정은 긴장이 풀어졌는지 책상 위에 양팔을 뻗으며 늘어져 버렸다.

강윤은 고생했다며 그녀의 등을 다독였다.

"수고했어."

"너무 어려워요. 둘 다 맞는 말을 해서……."

비슷한 스펙의 남녀가 다른 가치관으로 다가왔다.

위를 추구하겠다는 안무가, 평균을 추구하며 전체의 균형을 맞추겠다는 안무가. 그건 옳고 그름의 문제가 아니라, 선호의 문제였다.

이현지는 평가를 기록한 이력서를 덮으며 강윤에게 물었다.

"어렵네요. 그래도 난 그 혁찬이라는 안무가가 더 끌리네요. 에디오스라면 더 위를 바라볼 수 있으니까요."

그녀의 상성과 딱 맞는 선택이었다.

강윤은 '차윤미'라고 써진 이력서를 들며 말했다.

"전 이쪽이 더 끌리네요."

"……그래요?"

이현지가 묘한 눈빛을 쏘아 보냈지만, 강윤은 아랑곳하지 않고 에일리 정의 등을 툭툭 두드렸다.

"릴리."

"……네에."

"결정했니?"

그러나 에일리는 미동도 하지 않았다. 아니, 하지 못했다.

사실, 두 사람이 누구로 할지 이야기할 때 압박감이 들어 귀를 막고 싶었다.

그런데 듣기 싫다고 안 들리나?

게다가 두 사람이 이야기한 결과는 일 대 일.

최종 선택권마저 자신에게 넘어오다니!

"버, 벌써 결정해야 해요?"

"미뤄봐야 좋을 게 없잖아."

에일리 정이 기겁하며 손을 내저었지만 강윤은 도피할 틈 조차 주지 않았다.

'이걸 내가 어떻게 결정하라고…….'

누가 나을까? 아니, 그 이전에 내가 이런 걸 결정해도 될까?

모두에게 폐가 되는 게 아닐까?

자신의 두근거리는 소리가 귓가에 들려올 때, 강윤이 말했다.

"네가 생각하기에 둘 중 누가 더 에디오스에게 필요한 것 같아?"

"……네?"

"그걸 생각해 봐."

에일리 정은 멍하니 강윤을 바라봤다.

자신의 사장은 알다가도 모를 때가 있었다. 이런 중요한 자리에 다른 사람이 아닌, 자기를 데려온 것 하며 이상한 말을 해대는 것하며…….

하지만 그 말은 이상하게 그녀의 가슴을 훅 하고 침습해 왔다.

'우리는 더 발전해야 해. 특히…… 나. 언제까지 민아가 맞춰주게 할 수만은 없어.'

그 순간 누가 더 필요한 사람인지, 결정했다.

그녀는 자신의 생각을 또렷하게 말했다.

"남자 안무가님이 더 나을 것 같아요."

"이유는?"

"남자 안무가님이 더 힘들 것 같지만…… 그래도 더 우리를 발전시켜 줄 것 같아서요."

강윤은 '합격'이라고 새겨진 도장을 '이혁찬'이라고 쓰인 이력서에 찍었다.

에일리 정이 돌아가고 옥상에서 이현지와 강윤은 나란히 섰다.

"아까 일부러 그런 거죠?"

"어떤 것 말입니까?"

이현지는 커피를 홀짝이며 씨익 웃었다.

"여자 안무가가 낫다고 말한 거 말이에요."

"글쎄요."

강윤은 웃기만 할뿐이었다.

그러나 그의 성향을 아는 이현지는 다 안다는 듯한 얼굴로 말을 이어갔다.

"에일리에게 직접 결정하게 하려고 말이죠. 에디오스에게 가장 필요한 사람을 스스로 결정하게 한다. 책임감도 더 크게 가질 테고 회사의 의사결정에 참여하는 데서 오는 소속감도 가질 테고."

강윤은 그저 웃을 뿐이었다.

이현지는 옷깃을 여미며 강윤의 등을 가볍게 두드렸다.

"하여간. 은근히 머리 쓴다니까."

석양이 지는 옥상에서, 강윤과 이현지는 커피타임을 즐겼다.

"잘했어."

오지완 프로듀서는 부스에서 나오는 정민아에게 엄지손가락을 들어주었다.

"고생하셨습니다."

정민아도 안도의 한숨을 내쉬었다. 드디어 말도 많고 탈도 많던 녹음이 끝난 것이다.

그러나 오지완 프로듀서 뒤에서 껌을 질겅이던 안시진은 불퉁한 표정으로 퉁명스레 내뱉었다.

"아직 멀긴 했지만…… 조금 들어줄 만하네."

정민아의 성격을 아는 오지완 프로듀서의 눈이 휘둥그레졌다.

'헐! 이 사람이 미쳤나?'

MG에서도 정민아를 다룰 수 있는 사람은 많지 않았다.

트레이너들 말이야 잘 들었지만 그들도 기가 센 정민아를 어려워했다. 주아와 민진서에게 가려져 있어서 그렇지, 정민아도 만만치 않았다.

……사실 강윤이 MG의 미스터리였다.

"네네네네네. 언니한테야 그렇겠죠."

"말 참 곱다?"

"오는 말이 고와야 가는 말이 곱겠죠?"

"하? 스승이 말을 거칠게 하면 제자는 곱게 받아야지?"

"속담 공부를 다시 하시는 게 어때요?"

오지완 프로듀서가 안 되겠다 싶어서 말리려고 할 때, 다행히 스튜디오에 다른 사람들이 들어섰다.

작업이 끝났다는 연락을 받고 온 강윤이었다.

"수고하셨습니다."

강윤이 들어서니 정민아는 안시진에게서 눈을 돌려 버렸고, 안시진은 강윤의 옆에 착 붙었다.

"오 PD님. 어떻습니까?"

"이만하면 괜찮은 것 같습니다. 이제 EQ 조절하고 나머지 작업들 좀 하면 될 것 같네요."

"들어볼까요?"

강윤은 바로 녹음한 내용을 재생했다.

스피커에서 다양한 음표들이 흘러나오며 새하얀 빛을 만들어냈다.

'흐트러진 음표는 없군.'

음표의 크기와 모양이 균일했다. 이전과 달리 볼륨에도 문제가 없었다.

음악을 멈추고, 강윤은 안시진에게 물었다.

"민아, 이 정도면 괜찮은 것 같습니까?"

그러자 안시진은 정민아에게 눈을 돌렸다.

강윤의 뒤에 있던 정민아는 기겁하며 고개를 설레설레 흔들었다. 그 모습이 재미있었는지 안시진은 사악한 미소를 지었다.

"그게요. 사실⋯⋯."

"트레이너님이 듣기에는 많이 부족할 거라 생각합니다."

"아⋯⋯."

그런데 강윤이 먼저 선수를 치고 나오니 그녀는 순간 말문이 막혀 버렸다. 뒤에 있던 정민아도 순간 멍해졌다.

그러나 강윤의 말은 거기서 끝이 아니었다.

"그래도 이 정도면 정말 많이 늘었다고 생각합니다. 다 트레이너님 덕분입니다."

"아, 아니요. 꼭 그런 것만은⋯⋯."

"그래서 말인데⋯⋯."

강윤은 진지한 표정으로 말을 이어갔다.

"민아만이 아니라 저희 가수 모두를 봐주는 트레이너가 되어주실 수는 없으십니까? 대가는 서운하지 않게 지불하겠습니다."

"네에에에에?! 아저씨! 절대, 절대 안 돼요!"

날벼락 같은 말은 앞이 아닌 뒤에서 터져 나왔다.

그러나 강윤은 그 외침에 아랑곳 않고는 그녀의 답을 기다렸다.

안시진은 강윤 뒤의 정민아를 바라보며 그윽한 미소를 지었다.

"……저야, 월드라면 좋지요. 그런데 조건이 있어요."

"조건?"

"정민아가 일주일에 2번은 꼭 레슨을 받는 조건이에요. 제주도나 섬, 해외 스케줄이 있는 날은 빼줄게요. 다른 날은 무조건."

이게 무슨 황당한 조건인지. 강윤이 의아해하자 그녀는 이유를 설명했다.

"지금이야 시간이 부족한 것 같아서 그냥 넘어가지만, 저거 저거 저대로는 안 되거든요. 돈? 그런 거야 아무래도 괜찮아요. 돈 때문에 음악 하는 것도 아니고……."

"알겠습니다. 며칠 내로 계약서를 작성해서 드리겠습니다."

강윤이 거절할 이유가 없었다.

레슨을 알아서 해주겠다는데, 최고의 조건이었다.

'ㅎㅎㅎ.'

'……'

안시진의 사악한 미소 앞에서 정민아는 고양이 앞의 쥐처럼 몸을 사시나무처럼 떨어댔다.

강윤은 스튜디오를 나와 사무실로 돌아왔다.

그런데 사무실에는 손님이 와있었다.

"추 사장님. 어서 오십시오."

이현지와 함께 소파에 앉아 담소를 나누고 있던 추만지 사장은 강윤을 보자 자리에서 일어나 그의 손을 맞잡았다.

"하하하. 오랜만입니다, 이 사장."

추만지 사장의 얼굴은 무척 밝았다.

중국에서 다이아틴이 엄청나게 잘나가고 있었고, 윤슬 엔터테인먼트 소속의 다른 가수들도 한국에서 다양하게 활동하며 수익을 거두고 있었다.

이현지가 할 일이 있다며 자리에서 일어나자 추만지 사장이 몸을 앞으로 기울였다.

"이번에 예랑 이야기 들었습니까?"

"강시명 사장 말입니까? 아니요. 특별한 일 있습니까?"

추만지 사장은 껄껄 웃었다.

"하하하. 이번에 에디오스가 컴백하지요?"

"네. 그렇지요. 벌써 소문이 퍼졌습니까?"

"뮤비 의뢰를 한참 전에 하셨으니 소문이 날 법도 하지요. 해외 촬영도 있다고 들었는데……."

"네. 이번엔 제대로 힘을 줄 생각이었는데 생각 외로 늦어졌습니다. 빨리 진행해야죠."

마음먹으면 못 알아낼 정보도 아니었다.

강윤은 추만지 사장이 이 이야기를 왜 하는지 궁금했다. 그 이유를 물으니 그는 껄껄 웃으며 답했다.

"원래 12월에 예랑이 컴백할 예정이었다고 합니다. 그런데 에디오스 컴백 소문을 듣자마자 윙클 컴백을 뒤로 미뤘다고 하더군요. 기약도 없다니…… 큭큭. 솥뚜껑 보고 놀란 두꺼비 같지 않습니까? 생각할수록 배 아프게 웃기더군요."

"윙클이라면 그럴 만도 하겠군요. 처음에는 에디오스를 따라한 것 아니냐는 말까지 들었으니…… 지금이야 인지도도 쌓고 어찌어찌 하고 있는 것 같지만……."

"깨소금 맛입니다. 남의 눈에 피눈물 쏟게 하고, 잘나가면 말이 안 되죠."

강윤은 씁쓸한 미소를 지을 뿐이었다.

소속사에서 앨범을 미룬다는 것이 생각만큼 만만한 일이 아니다. 수익을 얻는 시점까지 뒤로 미뤄진다는 말이니까.

커피를 마신 추만지 사장은 다음을 기약하며 자리에서 일어났다. 곧 중국으로 넘어가야 한다며 그는 빠른 걸음으로 월드엔터테인먼트를 나섰다.

♪ ♩♪♩ ♪♫♩ ♪

에디오스의 앨범 준비는 착착 진행되어 갔다.

새롭게 월드엔터테인먼트에 온 안무가 이혁찬은 타이틀곡 '새콤달콤'을 받자마자 안무를 빠르게 구상하기 시작했다.

안무 구상을 위해 정민아도 함께했다.

구상을 시작한지 4일. 이혁찬 안무가는 본격적으로 트레이닝을 위해 에디오스 멤버 모두를 소환했다.

곧 간단한 설명이 이어지고 정민아와 이혁찬 안무가는 모두의 앞에서 안무를 시작했다.

3분 남짓한 안무가 끝나고…….

"어때? 괜찮지?"

"……."

그런데 모두의 표정이 심상치 않았다.

정민아가 고개를 갸웃하며 묻자, 크리스티 안이 짧게 한숨을 쉬었다.

"……이걸 하라고?"

"왜? 어려워?"

"야! 우리가 너처럼 심장이 두 갠 줄 아냐?! 온 무대를 헤집고 뛰어다니라고?!"

크리스티 안의 외침에 동조하듯, 모두가 고개를 끄덕였다.

온 무대를 뛰다시피 하는 활기!

격렬한 치어리더의 안무도 씹어 먹을 법한 에너지 넘치는 그 안무에 모두의 표정이 잔뜩 일그러졌다.

"이 정도면 괜찮지 않아? 어렵지도 않고 화려하고 예쁘고……."

정민아가 떨떠름하게 답했지만, 크리스티 안은 얼굴을 찌푸리며 부정했다.

"화려하고, 멋있지. 맞아. 그런데 우리가 어디 가서 이 곡 한 번만 하고 끝날까? 아니잖아. 예를 들어 후렴부, Go, Go 여기 봐봐. 턴만 연달아 3번이야. 그게 끝이 아냐. 이어서 앉았다 일어났다, 팔도 뻗어야 하고……."

이어서 한주연도 한 마디를 보탰다.

"선생님. 민아 체력이면 이 곡 끝나고 다음 곡도 가능하겠지만, 저희는 쉽지 않을 것 같아요. 다리에 알 배겨서 못 일어날 것 같아요."

이혁찬 안무가도 난감했다.

에디오스 멤버들이 주관이 확실하다고 들었는데, 이렇게 대놓고 의견을 제시할 줄은 몰랐다. 그도 사실 자신의 주관대로 밀어붙이고 싶었지만 초반이라 그렇게 할 수 없었다.

'미치겠네. 하필이면 사장님 있는 곳에서…….'

이혁찬 안무가는 뒤에 앉아 연습을 지켜보던 강윤을 보며 가슴을 졸였다.

해매는 모습을 보이면 더더욱 안 되는데…….

가는 날이 장날이라더니, 그 말이 딱 맞았다.

그런데 가수라는 것들이 사장을 꿔다놓은 보릿자루 취급하는 건지, 자신들의 말만 옳다고 수다에만 열중하고 있었다.

이삼순마저 고개를 휘휘 저으며 반대를 표할 때였다.

"……저도 쉽지 않을 것 같아요."

거기에 반대라는 말은 모를 것 같던 서한유마저 고개를 젓고 나서니 정민아는 눈을 감아버렸다.

'쟨 물어볼 것도 없는데…….'

남은 건 에일리 정 한 명뿐이었다.

정민아는 기대하지 않고 그녀에게로 시선을 돌렸다.

"……릴리. 이거 하기 힘들……까?"

정민아가 조심스럽게 묻자 모두의 시선이 에일리 정에게 집중되었다.

에일리 정은 그녀대로 난감했다.

'하으, 어떡하지?'

에디오스 멤버들의 편을 들자니 이혁찬 안무가가 마음에 걸렸고, 그의 편을 들기에는 안무가 힘들 것 같았다.

째깍째깍째깍…….

침묵이 흐르며, 그녀의 등에 땀이 어렸다.

"나, 난…… 잠깐 화장실 좀 다녀올게!"

"릴리! 야!"

에일리 정은 말릴 틈도 없이 연습실을 잽싸게 열고 나가 버렸다. 연습실 분위기가 묘하게 얽힐 찰나, 강윤이 자리에서 일어났다.

"잠깐 머리 좀 식히고 할까요?"

강윤의 한 마디가 분위기를 전환시켰다.

모두가 알겠다며 고개를 끄덕이고는 자리에 앉아 안무를 수정하네 마네하며 토론을 시작했다.

'옥상에 있겠군.'

강윤은 에디오스 멤버들을 뒤로하고 에일리 정을 찾아 연습실을 나섰다.

과연 그녀는 루나스 건물 옥상에 있었다.

"여기서 뭐해?"

"아, 그게……."

에일리 정은 강윤을 보자 고개를 푹 숙여 버렸다.

"네 생각은 어떤데?"

"무슨……."

"안무에 대한 생각."

강윤이 직접적으로 묻자 그녀는 우물쭈물하지 않고 똑바로 답했다.

"……어렵겠지만, 하면 할 수 있다고 생각해요."

"그러면 가서 그렇게 말해."

"……그게……."

에일리 정은 답답하게 우물쭈물했지만 강윤은 매몰차게 그녀의 등을 떠밀었다.

"지금 제일 중요한 게 뭘까?"

"중요한 거요? 컴백…… 이죠."

"그 중요한 컴백에 이 안무를 그대로 하는 게 좋을까, 나쁠까?"

"당연히 그대로 하는 게 좋죠. '새콤달콤'이라는 분위기에도 맞고, 힘도 있고. 다만 후반에 체력이 떨어지는 게 걱정이죠."

"정리하면 안무 수정이 필요할까?"

"아니요. 어렵긴 해도 우리 애들이면 모두 소화할 수 있다고 생각해요. 고생은 하겠지만…… 아."

문답이 끝나니 에일리 정은 명확한 기준이 섰다.

"……감사합니다, 사장님."

에일리 정은 강윤에게 꾸벅 인사하고는 서둘러 연습실로 내려갔다.

강윤은 그녀의 뒷모습을 보며 피식 웃어버렸다.

"하여간."

자신이 있으면 방해가 될까, 강윤은 일부러 밑으로 내려가지 않았다.

무료한 시간.

강윤은 담배에 불을 붙여 연기를 흩뿌렸다.

모처럼 태우는 담배가 주는 쾌감은 마음을 편안하게 해주었다.

'뮤비 촬영 마치고 5일 후, 컴백 스테이지다. 일정이 팍팍해.'

방송사 음악방송을 비롯해 뮤비, 그 밖의 스케줄 등은 이미 나온 지 오래였다. 남은 건 에디오스의 준비뿐이었다.

담배를 거의 다 태웠을 무렵, 옥상 문이 열리는 소리가 들려왔다.

"선생님."

소리에 돌아보니 민진서가 있었다. 학원에 다녀왔는지 그녀의 등에는 학생들이 멜 법한 가방이 매여 있었다.

강윤은 서둘러 담배를 비벼 끄고 연기를 흩어버렸다.

"진서 왔구나. 여기까지 무슨 일이야?"

"저야 실기 연습하러 왔죠. 그런데 옥상에 선생님이 계신다고 해서……."

민진서는 루나스에서 연극영화과 실기 준비를 하고 있었다.

자유연기와 즉흥연기. 그리고 자신의 특기에 대한 연습을 위해 매일 루나스에 나오고 있었다. 이미 연기력과 인기로 사람들에게 인정받은 그녀였지만, 시험을 위한 연기는 또 다른 영역이었다.

"정말 레슨 안 받아도 되겠어?"

"괜찮아요. 저 수능 본다고 회사 돈 많이 썼잖아요."

회사를 생각하는 말에 강윤은 피식 웃었다.

"연예인에게 회사가 투자하는 건 당연하지."

"선생님 회사잖아요. 앞으론 우리……."

"뭐?"

"……아무튼!"

그녀는 움찔하더니 전방으로 눈을 돌렸다.

"피, 필요하면 말씀드릴게요. 설마 거기서 절 떨어뜨리기
야 하겠어요?"

민진서답지 않은 발언에 강윤은 웃음이 나왔다.

아무리 최고의 위치에 있어도 민진서는 항상 겸손한 태도
를 보여 왔었건만.

그만큼 그가 마음이 편하다는 말이기도 했다.

강윤은 그녀를 가볍게 안아주며 말했다.

"하긴. 우리 진서가 못할 리가 없지. 그렇지?"

"맞아요."

그녀는 강윤의 볼에 입을 맞추고는 연습실로 향했다.

입술은 담배 냄새가 난다며 회피하니 강윤이 크게 웃음을
터뜨렸다.

민진서가 연습실로 내려간 후, 강윤은 다시 에디오스가 있
는 안무 연습실로 향했다.

'호오?'

이혁찬 안무가의 박자소리에 맞춰 에디오스 멤버들은 안무 연습을 하고 있었다.

일렬로 선 멤버들의 맨 앞, 서한유는 한 걸음 나와 오른발을 차며 빠르게 웨이브를 타며 점프를 뛰었다. 그 이후, 양옆으로 다른 멤버들이 갈라지며 양팔을 날갯짓하듯 아래에서 위로 흔들며 앉았다가 일어났다.

그때, 이혁찬 안무가가 박수를 치며 연습을 중단시켰다.

"에일리. 하나 빼먹었잖아. 오른발."

"죄송해요."

"다시 해볼까? 하나부터 해보자. 천천히."

동작이 많아서인지, 연습에 들어간 지 얼마 되지 않아 모두가 숨을 헐떡였다. 체력이 좋은 정민아는 가볍게 땀을 흘리는 정도였지만 다른 멤버들은 그렇지 않았다.

"에일리, 너……."

"미안. 그래도……."

"에이, 몰라. 일단 하고 보자."

한주연이나 크리스티 안, 이삼순까지.

저 문제 많은 에일리 정까지 하겠다고 나서는데, 못하겠다고 말하는 것도 웃기는 일이었다. 아니, 자존심이 허락하지 않았다.

'후우. 이 정도면 될 것 같군.'

잡음이 잦아든 듯하자 강윤은 에디오스 멤버들이 연습하는 모습을 보며 조용히 연습실을 나섰다.

♪ ♪♩♪♩ ♪♩♩ ♪♪

종로의 인적 드문 곳에 위치한 한옥.

주변에는 정장을 입은 이들이 무전기를 들고 주변을 감시했고, 주차장에는 고급 외제차들이 즐비했다.

한옥 안에서는 한복을 곱게 차려입은 여인들이 고운 자태로 남자들에게 술을 따르고 있었다.

"지사장님. 한잔 받으세요."

속이 살짝 보이는 시스루 한복을 입은 여인이 하얀 주전자를 들고 리처드의 빈 잔을 채워주었다.

리처드는 여인을 넓은 어깨로 감싸 안고는 마주앉은 남자와 시선을 맞췄다.

"드라마 판에 진출합니까?"

리처드는 맞은편에 앉은 강시명 사장의 말에 흥미 있는 표정을 지었다.

"네. 이번에 예랑 C&C라는 법인을 따로 설립하게 되었습니다."

"흠."

리처드는 강시명 사장이 건넨 서류를 찬찬히 읽었다.

사업의 개요부터 규모, 소속 연예인, 앞으로의 계획 등 그는 자세히 읽어갔다.

서류를 다 읽은 그는 차분한 목소리로 말했다.

"……그래서 자금이 필요한 거군요."

강시명 사장이 마련한 자리였다. 그가 리처드를 만나고자 한 목적은 투자를 받고자 함이었다. 이 정도 규모와 구상이라면 확신이 있었다.

리처드는 서류를 덮으며 말했다.

"일단 흥미롭군요. 예랑이 드라마를 한다니. 일단 검토해 보고 말씀드리죠. 이번 건을 단기간에 결정하는 건 아닌 것 같군요."

"알겠습니다. 얘들아. 가만히 있지 말고. 한잔 따라드려야지."

음악이 흐르는 가운데, 두 사람의 술자리는 그렇게 농익어 갔다.

월드엔터테인먼트 소속 가수들은 연말 시상식 여기저기에 초청을 받았지만 모두 정중히 거절했다.

김재훈은 앨범을 준비하기 전에 마음을 정리하고 싶다며 해외여행을 떠났고, 김지민은 인문희를 만나고 싶다며 일본으로 떠났다. 하얀달빛은 제주도 호텔의 초청을 받아 3박 4일간 여행 겸 공연을 떠났다.

2013년, 월드엔터테인먼트의 연말은 바빴다.

그리고 2014년 1월이 밝았다.

해외 촬영까지 있어 안무를 익힐 시간이 많지 않았던 에디오스는 잠자는 시간까지 줄여가며 연습에 매진했다.

처음에는 체력이 모자라다며 모두가 아우성이었지만, 제일 체력이 약한 에일리 정이 보약까지 먹어가며 투혼을 보이자 모두가 입을 다물었다.

우여곡절 끝에 에디오스의 컴백 방송이 있는 날이 밝았다.

"잘 다녀오고."

강윤은 회사 앞에서 밴에 오르는 모두를 배웅해주었다.

"……같이 가줘도 되는데."

차 안 제일 깊은 곳에 탄 정민아가 모두가 들리도록 투덜거리자 강윤은 웃음을 흘렸다.

"미안. 하지만 오늘은 정말 힘들어. 대신 대현 매니저가 가잖아."

"……대현 오빠 별로."

이젠 베테랑 매니저로 거듭난 김대현 매니저가 황당한 시선으로 정민아를 바라봤지만, 그녀는 아예 고개를 돌려 버렸다.

이삼순이 그녀 대신 김대현 매니저에게 사과했다.

"민아가 기분 안 좋으면 조금 그렇잖아요. 오빠가 이해해 주세요."

괜히 벼락 맞은 김대현 매니저는 다 이해한다는 표정으로 앞좌석에 올랐다.

강윤은 마지막까지 모두에게 잘하고 오라는 말을 남기며 손수 문을 닫아 주었다. 차가 떠나고, 함께 에디오스를 배웅한 이현지가 강윤에게 말했다.

"오늘도 같이 갈 줄 알았는데, 안 가네요?"

강윤은 사무실로 돌아서며 답했다.

"이젠 제가 없어도 잘할 애들이니까요. 여기서 할 일도 많잖습니까."

"그건 그렇군요. 세이스가 제안한 일도 있고. 그 건은 결정하셨나요?"

강윤은 이현지와 함께 사무실로 올라갔다.

직원들이 에디오스 때문에 한창 일에 몰입하고 있는 사이, 강윤과 이현지도 중요 안건을 논의했다.

"세이스와의 쇼케이스 건. 전 정중히 거절하는 게 낫다고 생각합니다."

에디오스의 쇼케이스를 세이스가 실황으로 중계하고 싶다

는 제안이었다.

이현지가 이유를 묻자 강윤은 차분하게 말을 이어갔다.

"돈으로 때우려는 느낌을 지울 수가 없었습니다. 공연비 84% 지원은 분명 끌리는 조건입니다. 그러나 그 이전에 일방적으로 계약을 취소한 것에 대한 사과가 이루어져야 한다고 생각합니다. 그런데 거기에 대한 말은 없고, 조건만 가지고 밀더군요."

"잘하셨어요."

현명한 판단을 했다며 그녀는 강윤의 결정을 지지했다. 이어 그녀는 이준열의 듀엣 제안을 비롯해 앞으로의 중요한 일들을 이야기했다.

그러다 보니 어느덧 에디오스가 방송에 나올 시간이 되었다.

"모이세요!"

정혜진의 외침에 모든 직원들이 TV 앞에 모였다.

그녀가 SBB 방송을 틀자 '음악나라'가 한창 진행되고 있었다.

−너를 찾아 저 하늘을~

남자 발라드 가수가 한창 노래하고 있었다. 그리고 밑에 자막 순서로 에디오스 컴백이라고 큼지막하게 적혀 있었다.

가수의 노래가 거의 끝나갈 무렵, 사무실 문이 열리며 한 여인이 모습을 드러냈다.

"뭐야? 아무도 없…… 이야~ 저기 있었네?"

여인은 TV가 있는 소파 앞으로 눈을 돌리더니 그윽한 미소를 지었다.

"주아?"

"하이! 정말 오랜만이지?"

작은 여인, 주아는 진한 반가움을 표하며 자연스럽게 직원들 사이로 섞여들었다. MG엔터테인먼트 출신인 직원들이나 정혜진이나 유정민에겐 이미 주아는 익숙하다 못해서 당연한 사람이었다.

"미안한데, 이야긴 나중에 하자."

"맞다. 오늘 에디오스 컴백이지?"

강윤의 말에 주아는 막 TV에서 흘러나오는 에디오스에게로 시선을 돌렸다.

─……1년 만에 돌아온 분들이에요! 아니, 2년 만인가요?!

─이분들 기다리셨던 팬 분들 정말 많았는데…… 나빠요!

─……하나도 안 귀여웠어요.

─죄송합니다. 아무튼! 빨리 만나볼까요! 쇼 타임~!

─에디오스!

남녀 사회자의 착착 감기는 소개를 앞세우며 오색조명에 화려하게 불이 켜지며 인트로를 알리는 오보에 소리가 흐르기 시작했다.

서한유를 앞세워 6열종대로 선 에디오스가 등장하자 공개

홀에 팬들의 소리가 가득 울려 퍼졌다.

"에디오스!"

"꺄아아아악!"

"서유다!!"

"미나야! 사랑해, 리스!"

모두가 날개 치듯 화려하게 팔을 돌리며 시선을 빼앗자, 서한유는 자연스럽게 한 걸음 앞으로 나와 오른발을 뻗으며 웨이브를 탔다.

"와아아아~!"

커다랗게 클로즈업되는 서한유의 모습과 함께 들려오는 팬들의 외침은 브라운관을 통해 강윤을 비롯한 모두에게 생생하게 전달되었다.

to be continued